컨트롤러
Controller

FUSION FANTASTIC STORY

건(建) 장편 소설

컨트롤러 7

건(健) 장편 소설

초판 1쇄 찍은 날 § 2014년 12월 23일
초판 1쇄 펴낸 날 § 2014년 12월 30일

지은이 § 건(健)
펴낸이 § 서경석

편집부장 § 권태완
편집책임 § 한준만
디자인 § 이거일

펴낸곳 § 도서출판 청어람
등록번호 § 제387-1999-000006호
등록일자 § 1999. 5. 31
어람번호 § 제1-2011호

주소 § 경기도 부천시 원미구 부일로 483번길 40 서경B/D 3F (우) 420-822
전화 § 032-656-4452 팩스 § 032-656-4453
http://www.chungeoram.com
E-mail § chungeorambook@daum.net

ISBN 979-11-04-90038-9 04810
ISBN 978-89-251-3726-1 (세트)

컨트롤러

FUSION FANTASTIC STORY

건(建) 장편 소설

Controller

도서출판 청어람

CONTENTS

1장

그들의 협력

"강요는 하지 않습니다. 한 걸음 물러서서 지켜보기만 한다고 하더라도 원망하진 않을 겁니다. 어차피 당신들을 만나지 않았더라도 저와 현성 씨, 그리고 동료들이 움직였을 것이기 때문입니다. 제가 이 자리에 온 이유는 하나입니다. 당신들이 지긋지긋한 뱀파이어로서의 삶을 자력으로 털어낼 기회가 왔습니다. 그 기회에 동참해서 직접 결과물을 얻을 것인지, 아니면 소식을 기다릴 것인지에 대한 거죠. 어떤 선택을 해도 존중할 겁니다. 죽으면 해방도 소용없으니까요."

현성과 리나가 휴식을 취하고 있는 동안.

박 신부는 홍광태와 조원석의 안내를 받아 뱀파이어들을 만나고 있었다.

"제가 만약 참여하게 된다면, 어떤 역할을 담당해야 할까요……?"

뱀파이어들 중 하나가 손을 들고 물었다.

언뜻 보기에도 앳되어 보이는 20대 초반의 청년이었다.

클럽에서 만난 여인과 원나잇을 즐기다가 어이없게 뱀파이어가 되어버린 청년이었다.

문제는 당시 함께 밤을 보냈던 여인도 자신이 뱀파이어라는 사실을 몰랐던 채로, 남자와 함께 있다가 갑자기 든 흡혈 욕구를 참지 못하고 일을 벌였던 것이다.

그 여인은 용인 지부로 들어가 생활하다가 현성의 대규모 소탕 작전 당시 죽었다.

청년은 그 이후로 홍광태를 따르며 최대한으로 흡혈 욕구를 억제하고, 부득이한 경우에만 암시장을 통해 구한 수혈팩 등으로 피에 대한 갈망을 달래고 있었다.

청년이 바라는 것은 평범한 삶이었다.

가족들의 품으로 돌아가 평범한 대학생 아들로 살고 싶었다.

그리고 때가 되면 대한민국의 성인 남성으로서의 당연한 의무인 군 입대도 하고.

그저 정상적인 생활만 했으면 했다.

"어차피 중요한 교전은 우리가 맡을 겁니다. 시선만 분산해 주면 돼요. 그게 전부입니다. 적당히 무력을 행사할 수 있으면 좋겠지만, 쉽지는 않을 테니까. 전장을 누비며 싸워달라는 그런 얘기는 아닙니다."

박 신부가 차분한 목소리로 답했다.

뱀파이어들에게 원하는 역할은 결과적으로 말하자면 과거 신정우가 뱀파이어들을 이용했었던 것처럼, 방패막이 역할을 해달라는 것이었다.

하지만 대하는 생각은 달랐다.

신정우는 그저 소모품으로써 뱀파이어들을 본 것이었고 그들의 미래엔 관심이 없었다.

하지만 현성과 박 신부를 비롯한 일행들은 아니었다.

왜 뱀파이어 숙주와 싸우는가?

뱀파이어들의 해방을 위해서였다.

그로 인해 함께 해방될 쓰레기 같은 뱀파이어 악인들에 대해서는 나중에 별도로 단죄를 하면 될 일이었다.

어차피 영생에 가까운 삶을 살아온 자신이었다.

까짓것 벌 받아 마땅한 놈들은 모두 죽여 버리고 교도소에 들어가면 그만이었다.

사형을 당한다면 당하든가.

평범한 사람들은 할 수 없는 생각이겠지만 박 신부에게는 충분히 가능한 생각이었다.

이 지독한 악순환은 우선 뱀파이어가 더 이상 증식할 수 없게 되고, 뿌리가 사라져야 끝이 난다.

그 종착역이 바로 뱀파이어 숙주의 죽음이었다.

"비록 가진 건 몸뚱아리밖에 없고, 두 다리가 빠른 게 전부이지만 해보겠습니다. 작은 힘이라도 보태겠습니다."

청년이 결연한 표정으로 말했다.

박 신부는 대답 대신 환한 미소를 지어보이며 고개를 끄덕였다.

그의 마음 씀씀이가 고마웠기 때문이다.

"미리 얘기를 해두는데. 나와 원석이는 참여한다. 하지만 우리 눈치를 봐가면서 참여할 필요는 없어. 혹시라도 여기서 빠진다고 해서 우리가 나중에 어떤 불이익을 준다거나 그런 생각은 하지 마라. 전혀 그럴 생각 없으니까."

"편하게들 생각해! 부담 가지지 말고!"

"같이 놀러가거나, 아님 자러가거나. 둘 중에 하나라고 생각해라. 편하게, 편하게."

홍광태와 조원석이 한층 무겁게 가라앉은 분위기를 끌어올렸다.

"도와줄 분만 도와주면 됩니다. 돕지 못한다고 해서 죄책

감을 가질 필요는 없어요. 나중에 또 다른 형태로 도움을 부탁드릴 겁니다. 그때 도와주면 됩니다."

박 신부도 자연스러운 미소로 긴장을 풀어주었다.

현성에게 다양한 복안이 있겠지만, 박 신부 입장에서는 뱀파이어들이 조금이나마 더 참여해 줬으면 했다.

단순히 정예 전력 10명이 움직이는 것보다는.

정예 전력 10명과 상대의 시선을 분산시켜 줄 10명, 도합 20명이 움직이는 게 더 전투에 효율적이기 때문이다.

적어도 이렇게 되면 상대가 특정 상대를 타겟팅하기가 쉽지 않고, 설령 그렇게 되더라도 남은 인원이 유기적으로 도와줄 수 있기 때문이다.

수가 적으면 빈틈이 더 빨리 노출되고, 또 상대의 빈틈을 공략할 여지가 줄어들게 되는 것이다.

"저도 돕겠습니다."

"저도."

하나둘씩 손을 들기 시작했다.

그들 중에는 여전히 두려움이 가시지 않는 표정의 사람도 있었고, 오히려 한 번 해보자는 식의 의지 가득한 표정의 사람도 있었다.

"제가 계속 지켜보고 있으면 여러 가지로 부담이 느껴질 겁니다. 내일 자정에 우리는 움직일 겁니다. 오후 8시로 하죠. 8시에 입구에 와 있겠습니다. 함께 움직일 의사가 있는 분만 함께하면 됩니다. 그럼."

필요한 말을 전한 박 신부가 뒤로 돌아서서는 망설임 없이 회장 안을 빠져나갔다.

이제 선택은 그들의 몫이다.

방금 전에 했던 이야기처럼, 그들의 결정에 관계없이 예정대로 출발하게 될 터다.

*　　*　　*

"다들 생각이 많은가 보네요."

"말이 뱀파이어지, 우리는 그냥 평범한 사람들보다 좀 더 운동 신경이 좋아진 수준일 뿐이야. 차라리 온갖 살인을 일삼고 다니는 그놈들은 특별한 능력이라도 가지고 있지, 우린 그렇지 않으니까."

"그래도 뭐, 계란으로 바위 치기 정도는 아니잖습니까?"

"다들 원석이 너 같이 저돌적이라고 생각하면 곤란하지. 판단은 알아서 하는 거다. 거듭 말하지만, 강요할 생각은 하지 마. 의지가 없으면, 전장에 나가봤자 개죽음만 당한다."

"한 대?"

"그래."

회의실 밖으로 나온 홍광태와 조원석이 나란히 담배를 태웠다.

하루라도 빨리 이 지긋지긋한 저주받은 운명에서 빠져나오고 싶었다.

적어도 여기서 함께하고 있는 뱀파이어 동료들은 사람들에게 피해를 주지 않은 사람들이었다.

그래서 '뱀파이어'라는 사실만 벗겨낼 수 있다면, 당장에 내일부터라도 정상적인 삶을 살아갈 수 있었다.

그건 홍광태나 조원석도 마찬가지였다.

이미 차예련이 그렇게 잘살아가고 있지 않던가?

원치 않게 뱀파이어가 된 탓에 문명과 단절된 약간의 시간을 보내긴 했지만, 그래도 길지는 않았다.

물론 가족이나 연인의 품으로 다시 되돌아가게 되면.

그 동안의 일들을 설명하고, 위로받는 시간이 필요하기는 할 것이다.

하지만 그 자체만으로도 모두가 행복할 것이라는 것이 홍광태와 조원석을 비롯해, 이 자리에 있는 모든 뱀파이어가 공통적으로 하는 생각이었다.

"뱀파이어들이 사라지면 세상은 어떻게 변할까요? 생각해보면 이미 많은 뱀파이어가 죽지 않았습니까. 저는 의외로 별일 없을 것 같단 생각이 들어요, 형님."

조원석이 담배 연기를 깊숙하게 들이켜며 말했다.

"우리는 언제부터인가 이용하기에 좋은 먹잇감이 됐어. 끊임없이 자정 노력을 하고, 다른 힘에 의지하려 하지 않았다면 적어도 지금처럼 되진 않았을 거다. 하지만 블랙 네트워크와 손을 잡은 그 순간부터 꼬이기 시작한 거지. 더 많은 피를 더 안정적으로 공급해 보겠다는 욕심이 화를 부른 거다."

"평범한 삶으로 돌아갈 수 있다고 하더라도, 여전히 그놈들이 살아 있는 한 평화는 오지 않겠죠."

"그래서 반드시 나도 힘을 보태겠다는 거야. 내일의 일로 백야의 사람들이 희생당해서는 곤란해. 아직도 학살 사건을 일으킨 장본인들이 버젓이 살아서 거리를 활보하고 있어. 그 전에 백야의 사람들이 나가떨어져 버리면, 그땐 아무도 막지 못해. 대중이 얼마나 공포와 두려움에 약한지는 이미 사태를 봐서 잘 알 것 아니냐."

"그렇죠."

"저들이 희망이야. 저들이 사라지면 우리가 뱀파이어에서 인간이 되어도 소용이 없어. 미친 놈들이 휘두르는 칼 앞에서는 우리도 파리 목숨인건 매한가지다."

"좆같은 현실입니다, 형님."

"누군 좆같지 않겠냐."

치이이익—

홍광태가 담배 연기를 쭉 들이켰다.

세상은 조용했다.

이상하리만치 조용하다.

정부에서는 연일 치안 유지를 다해 최선을 다하겠다고 발표하고 있지만, 사람들은 믿지 않았다.

그래서인지 새벽 동이 틀 때까지 활기를 잃지 않던 불야성(不夜城)의 거리들이 이제는 싸늘한 밤바람만이 날리는 거리가 되어 있었다.

드러내고 표현하지만 않았을 뿐.

많은 사람들이 여전히 두려움에 떨고 있었다.

홍광태는 생각했다.

뱀파이어의 존재가 초창기에는 많은 사람들에게 두려움을 불러일으켰지만, 지금은 그래도 많이 둔감해져 있었다.

일단 최소한 뱀파이어에게는 물리더라도 죽지는 않았다.

뱀파이어가 되기는 하지만 말이다.

물론 몇몇 뱀파이어들이 과도하게 피를 취해 죽음에 이른 경우도 있긴 했지만, 이는 극소수에 속했다.

하지만 블랙 네트워크에 소속된 다른 능력자들은 달랐다.

이미 네 자리수가 넘는 사람들을 저 세상으로 보낸 살인마들이었다.

그들의 시야 안에 들어오면 살아남을 수가 없는 것이다.

그래서 종국(終局)에 이르러서는 결국 백야와 블랙 네트워크의 생사를 건 혈전이 펼쳐질 것이라고 홍광태는 판단하고 있었다.

그런 홍광태의 판단은 틀린 것이 아니어서 현성과 박 신부를 비롯한 모두가 같은 생각을 하고 있었다.

*　　*　　*

"편하게 자라고 비켜주니까, 왜 자꾸 따라오는 거야?"

"혼자 자기 싫어. 이미 숙주를 쫓는 동안 혼자서 계속 노숙(露宿)만 해왔는데, 이렇게 박대하는 거야?"

"같이 자는 게 불편할 텐데?"

"체온이 느껴지잖아. 내가 뭐 하자고 하는 것도 아니고, 그냥 껴안고만 자면 안 돼?"

새벽 3시.

현성의 충분한 힐 덕분에 근육과 몸 전체의 피로를 완전히 털어낸 리나는 몰려오는 잠에 연신 하품을 하고 있었다.

현성 역시 오랜 기간 힐 상태를 유지하기 위해 집중했기 때문인지, 약간의 피로감이 있어 미리 눈을 붙일 요량으로 누워 있던 중이었다.

리나에게 따뜻한 방을 주고, 현성이 거실로 나와 잠을 청하려 하자. 리나가 따라와서는 현성의 옆에 누웠다.

자리가 불편해서 그런 걸까?

그녀를 배려하려는 마음으로 현성이 다시 방으로 이동하자, 이번에도 리나가 따라와 현성의 옆에 누웠다.

이렇게 네 번 정도를 반복하자, 현성이 그제야 뭔가 '목적'이 있는 움직임이라는 것을 알고는 물어본 것이다.

"방도 체온보다 더 따뜻하게 해놨는데."

"하, 그냥 같이 좀 있자. 응? 여자친구도 없으면서, 옆에 여자 있으면 좋잖아?"

"……."

엄밀하게 말하면 여자친구가 없는 것은 아니다.

수연이 있으니까.

하지만 얼마 전, 각자의 시간을 갖기로 이야기가 된 이후.

단 한 번도 서로에게 연락을 하지 않았다.

현성은 그 이후로 눈코 뜰 새 없는 전투를 치르느라 바빴다.

그 와중에 수연이의 연락이 없었던 것이다.

무소식이 희소식이라고 했다.

그리고 자신의 곁에 가까이 있으면 있을수록 더 위험해진다는 것을 알기에.

현성은 다시 수연이 돌아온다 하더라도 받아주지 않을 생각이었다.

현성을 위해서가 아니라 수연의 안전과 미래를 위해서였다.

그러다 보니 이제는 여자친구라기보다는 여자친구 '였던' 사람의 기억처럼 남아 버렸다.

그래도 수연은 자신에게 소중한 인연이었다.

이 끝없는 전쟁의 종지부가 찍히고 나면… 그때 비로소 수연에게 환한 미소로 다가가, 인사를 전할 수 있을 것이다.

"그래. 그러면 안고만 있는 걸로."

수연에 대한 생각에 잠겨 있다 보니, 문득 눈앞에 있는 리나에 대해서도 다른 생각이 들었다.

리나도 현성에게 소중한 사람이었다.

이 세계에서 오로지 현성을 위해 목숨을 아끼지 않고 싸워주는 두 사람 중 박 신부가 아닌 다른 하나이기도 했다.

"히히."

현성의 말에 리나가 기분 좋은 미소를 지으며, 현성의 품 안으로 쏙 파고들었다.

정확하게는 리나가 아닌, 리나의 영혼이 들어간 '김연희'의 몸이었지만 그런 것까진 신경 쓰지 않았다.

'이 이야기의 끝은 어디일까.'

리나를 품에 끌어안은 채 등을 토닥이며 그녀를 재워주는 동안.

현성은 곰곰이 생각했다.

앞으로 남은 시간들을 어떻게 꾸려갈지를.

지금까지도 빡빡하게 시간을 보내온 현성이었지만, 이제 숙주와의 전투가 시작되면 그때부터는 앞만 보고 달려야 했다.

뱀파이어 조직이 무너진다면 당연히 신정우에게도 그 소식이 전해질 것이다.

휘하에 뱀파이어들이 있으니 그들의 능력 상실을 알아채지 못할 리가 없다.

그렇다면 신정우의 타깃이 현성으로 바뀔 수밖에 없게 된다.

현성 역시 마찬가지였다.

든든한 방패를 잃은 신정우를 노리는 게 가장 효율적이었다.

즉, 뱀파이어 조직을 무너뜨리는 순간부터 충돌이 불가피하다는 것이다.

숙주와의 전쟁을 시작으로 신정우든 자신이든 한쪽이 살아남을 때까지.

끝없는 전쟁이었다.

그래서 현성에게 오늘의 이 밤이 어쩌면 마지막으로 누리는 평화로운 밤이 될지도 모르겠다는 생각이 들었다.

"흐으으응… 흐으으응……."

리나는 현성의 품에 안겨 새근새근 어린 아이처럼 잠들어 있었다.

생각해 보니 리나에게도 제대로 된 휴식은 오늘이 처음일 것 같았다.

"하아."

괜스레 한숨이 터져 나왔다.

아직도 정리되지 않은 생각이 하나 있었다.

바로 최후의 결정.

신정우와의 악연을 끝내고 결정하기로 마음먹은 일이었지만, 자꾸 머릿속에서 밟혔다.

입맛이 썼다.

이 모든 투쟁과 노력의 끝이 자신의 죽음으로 마무리가 되는 것이라면.

싸워야 하는 걸까, 말아야 하는 걸까?

당연히 전자일 것이다.

어차피 죽을 운명이라면, 싸우다가 죽는 것이 더 나을 것이다.

하지만 생각을 하면 할수록 운명의 야속함을 느끼게 되는 것이다.

괜히 두 스승에 대한 원망도 하게 되었다.

왜 처음부터 얘기해 주지 않았을까 하는 것이다.

하지만 바꿔 생각해 보면, 처음부터 이런 이야기를 스승이 해주었다면.

현성은 달라진 자신의 운명을 받아들이지 않았을 것이다.

최종 도착지가 죽음으로 귀결이 되는데, 열심히 살 이유가 있겠는가?

오히려 그 말에 더 삐뚤어진 삶을 선택했을지도 모를 일이다.

"생각 자체를 하지 말아야 해. 의식해서도 안 돼. 모든 일을 정리한 다음에 생각하자. 정현성, 정신 차리자."

현성이 자신을 달랬다.

생각하면 할수록 마음만 복잡해진다.

결전을 앞둔 상황이었다.

머릿속이 복잡해져서 도움 될 것은 하나도 없었다.

"후우."

현성이 뜨거운 한숨을 내쉬며, 두 눈을 꼭 감았다.

일단은 푹 자고 싶었다.

잠을 자고 싶다는 생각조차 들지 않을 만큼.

그렇게 깊은 잠을 자고 나면… 언제 그랬냐는 듯이 머릿속을 어지럽히던 생각들도 씻겨져 나갈 것이다.

나는 단순하니까. 나는 바보니까.

현성은 그렇게 생각했다.

*　　　*　　　*

이윽고 시간이 흘러 저녁이 되었다.

현성과 리나는 누가 먼저랄 것도 없이 해가 중천에 떠서야 눈을 떴다.

정말 푹 잔 것이다.

현성도 능력을 얻은 이래로, 이렇게 긴 시간을 자본 것은 부상당했던 때를 제외하고는 처음이었다.

몸이 한결 가벼웠다.

리나도 오랜 노숙의 피로가 말끔히 씻겨 갔는지, 휘파람까지 불어가며 여유로이 자정의 전투를 대비하는 모습이었다.

"저희는 바로 그쪽으로 움직이겠습니다. 현성 씨와 리나 양은 어떻게 하시겠습니까?"

"거기서 접선하도록 하죠. 그게 좋을 것 같습니다."

"그럼 저는 뱀파이어들과 함께 움직이겠습니다."

"네, 그렇게 해주세요."

박 신부는 7남매와 함께 움직이기로 했다.

현성과 리나는 미리 선발대(先發隊)로 나설 예정이었다.

그나마 다행인 것이 있다면 숙주와 하수인들이 머물고 있는 거처가 인적이 드문 곳이라는 점이다.

도심 한가운데였으면, 교전과 동시에 어떤 죄 없는 사람들이 희생양이 될지 알 수 없다.

하지만 적어도 신경 써야 할 외부인이 없다면, 전투 자체에는 전념할 수 있는 것이다.

"손 잡아도 돼?"

"갑자기 손은 왜?"

"그냥 기분 좋잖아."

꾹.

숙주의 거처로 향하는 길.

인근의 주차장에 차를 세운 현성은 리나와 함께 움직이고 있었다.

아직까진 그들의 거처 반경 밖이라 주변 지형을 탐색하며 걷고 있는데, 리나가 자신의 손을 잡는 것이 아닌가.

"후훗."

긴장하고 있어도 모자랄 상황에 때 아닌 연인 코스프레라니, 현성도 웃음이 터져 나왔다.

덕분에 긴장이 풀리는 느낌이었다.

중요한 상황을 앞두고 있다고 해서, 마냥 인상만 찌푸리고 있거나, 굳은 얼굴을 하고 있는 것도 좋지는 않다.

현성도 리나의 속마음이 어떤지 짐작이 갔기에 어설프게 잡은 손을 꽉 잡고는 골목길을 따라 걷기 시작했다.

청춘 남녀가 손을 잡고 길을 걷고 있으니, 평범한 커플 같아 보이기도 했다.

현성은 길 구석구석을 살폈다.

만약에 전투가 벌어지게 되면 어느 곳이 놈들의 퇴로가 될지 파악할 필요가 있었다.

경우에 따라서는 현성 일행의 퇴로로 활용이 될 가능성도 있었다.

패배(敗北)는 생각하고 있지 않았지만, 최악의 상황을 대비할 필요는 있었기 때문이다.

구불구불한 길의 연속에 세입자가 없는 빈 건물이 많은 이곳은 차라리 죽은 곳이라고 해도 무방할 정도로 인적이 거의 없었다.

사람들이 살지 않게 된 이유가 뱀파이어에 의해 희생당했기 때문에서인지, 아니면 원래 그런 동네였는지는 알 수 없었지만.

확실한 것은 도심 외곽이긴 해도 마치 유령 도시 같은 느낌이 물씬 풍긴다는 것이었다.

어쩌면 이런 장소였기 때문에 뱀파이어 숙주가 자리를 잡았는지도 모른다.

상상을 좀 더 붙여본다면, 그런 숙주의 보이지 않는 영향 때문에 살던 사람들이 악몽이나 귀신 따위에 시달렸을 수도 있을 것이고.

그래서 하나둘 떠나기 시작한 것이 지금의 모습이 되었을 것 같았다.

"저기, 저놈이야."

그때, 리나가 현성에게 자연스럽게 팔짱을 끼며 작은 목소리로 말했다.

순간 골목길에서 튀어나온 한 남자가 현성과 리나를 쓱 훑어보고는 어디론가 사라졌기 때문이다.

"……."

리나는 뱀파이어를 판별할 수 있는 눈이 있다.

그래서 녀석을 보자마자 일반인이 아니라는 사실을 알아차린 것이다.

"지금은 아니잖아?"

"당연히. 하지만 이쪽까지 나왔다는 건……."

"식사거리를 찾으러 나왔단 얘기지. 그분은 항상 배가 고프신 분일 테니까."

그분, 숙주를 지칭하는 말이다.

마음 같아선 당장에라도 놈의 뒤를 밟고 싶었지만, 그건 근시안(近視眼)적인 판단이다.

일반 뱀파이어들은 아니지만, 하수인들은 숙주와 정신적인 교감으로 연결되어 있는 존재들이기 때문에 기습하는 순간, 숙주가 상황을 알아차릴 터였다.

그렇게 되면 교전이 조기에 벌어지게 되고, 놈들이 대비할 시간을 벌어주게 된다.

"일단은 자연스럽게 계속 걷지. 아직 시간이 좀 더 걸릴 것 같으니까."

현성이 더 자연스럽게 리나와 팔짱을 고쳐 끼고는 계속 산책하듯 길을 따라 걷기 시작했다.

이따금씩 골목의 어둠 속에서 자신과 리나를 노려보는 듯한 시선도 느껴졌지만, 모른 체 지나쳤다.

물론 공격에 대한 대비는 했다.

만약 놈이 달려들면 즉각적으로 쉴드를 펼칠 준비 정도는 되어 있었다.

리나도 마찬가지라, 몸 여기저기에 보이지 않게 숨겨둔 단도를 언제든 꺼낼 준비를 하고 있는 상태였다.

현성이 파악한 주변 환경은 일장일단이 있었다.

이런 좁고 복잡한 골목길을 두고 하수인과 교전을 치르게 되면, 숙주에게로 향하는 길이 쉽지 않아질 가능성이 컸다. 길이 좁아 운신이 자유롭지 않기 때문이다.

즉, 그들이 수상한 조짐을 감지하기 전에 최대한 빠르게 이동해서 숙주의 은신처 근처에서 싸워야 했다.

그것이 현성이 내린 결론이었다.

그리고 하수인들과 싸우면서 힘에 부치는 팀이나 라인이 나오면, 그때 저 복잡한 골목길과 오래 된 건물들을 방패삼아 게릴라전을 펼치는 게 좋아 보였다.

이런 지형을 꼭 놈들만 활용하란 법은 없는 것이다.

"하암, 배고프다."

리나가 꼬르륵거리는 배를 만지작거리며 현성을 쳐다보았다.

출발하기 전에 그렇게 집에서 밥을 먹고 왔는데도 출출한 모양이었다.

아직 박 신부 일행이 도착하기까지는 남은 시간이 있었다.

당초 계획은 자정에 공격을 시작하려는 것이었지만, 현성이 시간을 조금 더 앞당겼다.

이왕이면 숙주가 인간의 피를 한 모금이라도 덜 취했을 때 공격을 하는 것이 낫겠다는 생각에서였다.

단, 뱀파이어들의 지원을 받기 위해서는 날이 어두워져야 했으니 지금으로 시간을 정한 것이다.

"그럼 삼각김밥이나 하나 먹지."

"좋아!"

현성이 세 블록 너머로 보이는 편의점을 가리키며 리나와 함께 움직였다.

그 와중에서도 저 멀리 골목의 어두운 곳에서 자신을 응시하고 있는 눈빛이 있다는 것을 느낄 수 있었다.

아마 조금 더 깊숙하게 골목 안을 탐색하려 했다면 지체 없이 공격을 가했을 것이다.

싸우고 싶은 마음은 굴뚝같지만, 지금은 아니었다.

단 한 번!

그 한 번의 전투에서 모든 것을 끝내야 했다.

그때까지, 잠시 저놈들의 목숨을 맡아두고 있을 뿐이다.

2장
교전

휘이이이이.

비바람이 불기 시작했다.

요즘 날씨가 이랬다저랬다 하는 것은 알고 있었지만, 갑자기 하늘에 먹구름이 짙게 끼더니 빗방울을 조금씩 쏟아내고 있었던 것이다.

게다가 강풍(强風)이 불었다.

바람만 놓고 보면 때아닌 태풍이 왔는지 착각할 정도였다.

비바람까지 불면서 가뜩이나 어두운 밤의 기운이 더욱 음산해지자, 길거리의 행인들도 서둘러 어디론가 향하는 모습이었다.

그나마 가끔 산책을 하거나 담배나 태울 요량으로 골목길을 왔다 갔다 하던 사람들도 어느새 종적을 감췄다.

"도착한 것 같은데?"

골목길로 들어서는 입구에서 조용히 담배를 태우고 있던 리나가 손가락으로 두 블록 너머의 길을 가리켰다.

가장 먼저 박 신부의 얼굴이 보이고, 그 뒤로 늘어선 7남매들이 보인다.

그리고 그 뒤에 수가 완벽하게 헤아려지지는 않지만 20명 정도 되는 사람들이 있었다.

"많이 와준 것 같다."

현성이 살짝 미소를 지었다.

사실 마음을 비워놓고 있었던 현성이었다.

충분히 그들의 마음을 이해했으니까.

점점 박 신부 일행이 가까워지자, 뒤에 있던 뱀파이어들의 모습도 자연스럽게 드러났다.

22명.

예상했던 것보다 훨씬 많은 수치였다.

현성은 홍광태와 조원석을 포함해 열 명 남짓한 인원을 예상했었기 때문이다.

"생각보다 인원이 많아서 약간 늦었습니다. 날씨가 참…

한바탕 싸우기엔 좋은 날 같다는 생각이 드는군요. 이제 밤 10시인데 무인도에 온 것처럼 조용하네요."

박 신부가 주변을 두리번거리며 말했다.

그의 말대로였다.

그나마 저기 보이는 편의점이 이 근처에서 가장 환한 곳이었다.

지금 현성 일행이 있는 이곳부터는 차마저도 다니지 않는 죽은 공간이나 다름이 없었다.

가로등도 오래 전에 깨져 나간 탓에 제대로 안 들어오는 것이 많았고, 그나마 저 골목길 안쪽은 아예 빛이 닿지 않아 보이지도 않았다.

"놈이 있는 곳이 어딥니까?"

홍광태가 리나에게 물었다.

그의 표정은 상기되어 있었다.

뱀파이어를 존재하게 만든 원흉.

그 근원을 찾아 직접 맞닥뜨리게 되었다고 생각하니 긴장도 되면서, 한편으로는 알 수 없는 분노도 치밀었던 탓이다.

뱀파이어.

그 이름은 현재의 자신이자, 증오스런 이름이기도 했다.

"여기서는 보이지 않아요. 어차피 숙주는 지하에 있으니까. 그리고 당신들의 역할은 어차피……."

"하수인들을 상대해 주시면 됩니다. 그 건물 안으로 직접 들어갈 일은 없을 겁니다."

"알겠습니다. 최선을 다해 보겠습니다. 누가 되지 않도록 말이죠."

홍광태가 주먹을 불끈 쥐었다.

그의 오른손에는 어디선가 구해온 쇠파이프 같은 것이 들려 있었다.

맨손으로 싸우는 것보다는 훨씬 나았다.

"뱀파이어끼리는 물려도 뭐 뱀파이어 되는 것도 아니고. 차라리 잘됐죠, 뭐. 신명나게 놈들을 패줄랍니다."

조원석이 담배 연기를 뻐끔거리며 말했다.

그 역시 이번 일에 대한 열의가 대단해서 몸이 잔뜩 달아 있었다.

오랜 기간 흡혈을 하지 못하고 억눌러 온 그 욕구를 한바탕 싸움으로 풀어내고 싶다는 눈치였다.

그 뒤로 늘어선 뱀파이어들도 결연한 표정으로 전투에 임하고 있는 것은 마찬가지였다.

눈빛에 두려움이 묻어나거나, 망설이는 것같은 사람은 없었다.

그러니 더욱 마음이 든든했다.

"일단은 이렇게 들어가는 것으로 하죠."

뱀파이어들이 적당히 몸을 풀며 예열 과정을 거치는 동안.

현성은 박 신부와 리나, 그리고 7남매와 움직임에 대한 작전을 세웠다.

우선 현성은 바로 숙주를 노릴 생각이었다.

위치도 알고 있으며, 그 위치로 한 번에 이동할 능력이 있었다.

텔레포트가 있기 때문이다.

문제는 그 다음이다.

"제가 이동하는 즉시 세 갈래 길을 따라 들어가는 겁니다. 처음에는 제게 이목이 집중되겠지만, 놈들도 집중 공격을 당해서는 위험하단 사실을 잘 알겁니다. 그럼 아마도 거처로 쓰고 있는 이 집을 두고 사방에서 전투가 펼쳐질 겁니다. 여기서 놈들을 상대해 주시고, 만약에 우리가 우세하거나 놈들의 빈틈이 보인다면 리나와 박 신부님이 힘을 합쳐 주십시오. 그리고 남매들은 바깥에서의 상황이 확실하게 정리된 이후에 내부로 들어오는 것으로."

"그게 가장 최적화된 방법입니다. 이의 없습니다."

"난 최대한 빨리 합류할게!"

박 신부와 리나가 고개를 끄덕였다.

"저희는 놈들을 제압하는 한편, 함께 온 다른 동료들이 안

전하게 모두 살아갈 수 있도록 최선을 다하겠습니다."
강민이 이어 말했다.
다른 동료들은 뱀파이어들을 일컫는 말이었다.
강민은 여전히 뱀파이어들을 싫어했지만, 이 사람들은 다르다는 것을 알았기에 마냥 미워하진 않았던 것이다.
"전투가 시작되면 어느 한쪽이 끝을 보기 전까지는 멈출 일이 없을 겁니다. 우리가 살아남으려면 저놈이 죽어야겠죠. 내일 아침이 되었을 때, 모두가 행복하게 따스한 아침 햇살을 누리도록 하죠."
현성이 말이 끝나기가 무섭게 집중에 들어갔다.
텔레포트 마법진을 활성화시키기 위해서였다.
거리가 가깝기 때문에 활성화는 1분 남짓의 시간이면 충분했다.
블링크를 연이어 시전하면서 들어가는 방법도 있겠지만, 그 시간도 어쨌든 계산해 보면 몇 초의 손실이 발생할 수 있었다.
그 잠깐 사이의 시간에 숙주가 알아차리고 대비를 하면, 기습의 의미가 사라지는 것이다.
기습은 아무 예상도 못하고 당했을 때, 가장 효과가 큰 공격 방식이었다.
쏴아아아아아—

때를 맞춰 장대비가 쏟아지기 시작했다.

차라리 잘됐다 싶었다.

문명의 터전 속에서 벌어지는 한밤중의 전투.

아무도 몰랐으면 했다.

그리고 홀로 어둠 속에 숨어 두려움에 떨면서, 태양이 뜨면 또다시 고통받을 내일을 생각하는 불쌍한 뱀파이어들을 해방시켜 주고 싶었다.

마치 크리스마스 날의 깜짝 선물처럼.

지잉! 지이잉! 지잉!

현성의 발아래 놓인 마법진이 점점 더 빠르게, 그리고 점점 더 밝게 반짝이기 시작했다.

"자, 출발하면 될 것 같군요."

박 신부가 곧 임박한 현성의 이동을 확인하고는 남은 일행들을 인솔했다.

앞으로 십여 초 뒤가 되면, 현성은 숙주가 있는 건물 지하에서 놈의 엄청난 모습과 마주하게 될 터였다.

"……!"

박 신부의 말이 끝나기가 무섭게 모두가 세 갈래로 나뉘어 움직이기 시작했다.

모두가 침묵한 가운데, 무심한 빗줄기만이 계속해서 지면을 때리며 빗소리를 만들어냈다.

지잉! 지잉! 팟! 파파팟!

멀어져가는 동료들을 보며, 현성이 발밑에서 최대치로 활성화 된 마법진을 확인했다.

이제 곧 이동인 것이다.

파아아아아아아앗!

무형의 강렬한 기운이 사방으로 뻗어져 나가고.

방금 전까지 길 위에 있던 현성의 모습이 순식간에 시야에서 사라졌다.

*　　*　　*

1분 후.

전투가 시작됐다.

숙주의 은신처 건물을 향해 전력 질주하던 박 신부 일행은 건물 근처에서 하수인들과 마주했다.

정면에 위치한 하수인들은 여덟.

나머지 둘 중에 하나는 아무도 살지 않는 2층 건물의 옥상에서 매섭게 그들을 내려다보고 있었고, 나머지 하나는 어둠 속에서 눈만 깜빡이며 빈틈을 노리고 있었다.

수적으로는 서른한 명이나 되는 박 신부 일행의 우세였지만, 분위기는 팽팽했다.

일행 중에서 스물둘은 각목이나 쇠파이프 따위로 무장한 일반인이나 다름없는 뱀파이어였기 때문이다.

반면에 저들은 충분히 능력을 각성했고, 숙주의 지시에 따라 움직이는 강한 존재들이었다.

"뭘 이렇게 재고들 있어요! 일단 붙어요!"

촤르륵!

"나도 간다아아앗!"

리나가 이미 물이 고이기 시작한 지면을 박차며 지체 없이 달려나갔다.

그녀가 팽팽한 긴장감이 감돌던 전장의 적막을 깨자, 조원석을 위시한 뱀파이어들도 함께 움직이기 시작했다.

7남매는 각자 정한 하수인을 맡아 움직이기 시작했고, 박 신부는 리나가 타깃으로 삼은 녀석을 노릴 요량으로 빠르게 그녀의 뒤로 따라 붙었다.

"크흐흐흐!"

"그래, 너희 같은 놈들은 안 웃으면 오히려 그게 더 어색하더라!"

쉬이이익! 푸욱!

"케헥!"

"왜, 더 웃어보지 그래?"

가장 먼저 공수를 교환한 곳은 역시 리나와 그녀가 마주한 하수인이었다.

하수인은 날카로운 송곳니를 드러내며 위협적으로 달려들었다.

손가락 길이보다도 더 자라 있는 손톱은 스치기만 해도 목숨을 잃을 것 같을 정도로 예리해 보였다.

하지만 움직임은 리나가 빨랐다.

하수인의 공격은 허공을 갈랐고, 그 사이 리나의 단도가 녀석의 옆구리를 재빠르게 찌르고 지나갔다.

꽤나 깊숙하게 들어간 일격이었다.

하지만 녀석은 옆구리에서 흘러내리는 피를 잠깐 지켜보더니, 별다른 표정 변화 없이 다시 리나를 응시했다.

그러는 사이 상처 주변으로 자연스럽게 몰려들기 시작한 검붉은 색의 기운이 빠르게 상처가 있던 자리를 채우고는 메꿔 버렸다.

출혈은 멈췄고, 상처는 있었는지도 모르게 사라졌다.

"뭘 그런 표정으로 보고 있어? 어차피 한 방에 안 뒤질 건 알았는데."

"키힉! 키히히히힉!"

"다른 뱀파이어들은 말도 잘하는데, 너희들은 그런 게 안 되나 보지?"

"키힉!"

후웅! 훙! 후웅!

쉬리리리릭, 푹!

순식간에 몇 차례의 공격이 교차했다.

리나는 상대의 공격을 막기 보다는 빠르게 피하는 것에 주력했다.

즐겨 쓰는 단도의 특성상 길쭉한 손톱을 이용한 공격을 막는 게 쉽지 않고, 접근전 양상으로 흘러가게 되면 놈의 흡혈 공격에 노출될 수 있기 때문이었다.

역시나 이번에도 녀석은 헛심만 잔뜩 쓰다가 옆구리를 공격에 내주고 말았다.

물론 다시 회복이 되고 있었다.

"흐음."

리나가 짧은 한숨을 내쉬었다.

녀석이 빈틈을 보이는 것 같아도, 사실 전략적으로 내줘도 되는 부분만 드러내고 있을 뿐이었다.

일격에 목숨을 거두려면 가슴이나 머리를 노려야 하지만, 놈은 주로 상체 위주로 공격을 이어가면서 리나에게 빈틈을 주지 않았다.

하체는 어느 정도 공격에 내줘도 회복이 빠르게 가능한 만큼, 신경 쓰지 않는 모습이었다.

리나가 곁눈질로 주변을 빠르게 살폈다.

마침 연계 공격을 펼치기로 했던 박 신부가 장대비와 강풍이 만들어 낸 시야의 사각지대를 이용해 은사를 교묘하게 설치하고 있었다.

비바람이 동쪽에서 서쪽으로 계속 몰아치는 탓에 오른쪽으로 시야를 돌리기가 쉽지 않다는 점을 이용한 박 신부의 안배였다.

"키히히힉!"

기세 좋게 다시 달려드는 하수인.

리나는 시간 끌 것 없이 놈을 확실히 끌어들인 뒤, 숨통을 끊기로 했다.

그러기 위해서는 어느 정도의 위험은 감수해야겠지만, 그러지 않으면 지구전이 되고 만다.

지구전은 여러 가지로 아군에게 불리했다.

지금 머릿수의 대부분을 차지해 주고 있는 뱀파이어들은 그야말로 잠깐의 시간을 벌기 위한 방패막이에 불과했기 때문이다.

"어엇!"

맹렬하게 달려드는 하수인의 공격에 리나가 당황한 듯 움직이다가 지면에 미끄러진 듯, 몸을 비틀거리며 오른쪽으로 방향을 틀었다.

그리고 몇 발자국을 발을 헛디딘 척 움직이며, 조심스럽게 하수인을 유도했다.

빈틈도 확실하게 보여줬다.

놈도 그 빈틈을 노리기 위해 예기 가득한 손톱을 뻗어, 비바람을 가르고 있었다.

"흥."

그 순간, 변하는 리나의 눈빛에서 하수인은 이상한 낌새를 느꼈다.

하지만 뭔가 이상하다는 사실을 느끼고 몸을 돌리려 할 때는 이미 늦은 상황이었다.

쇄애애애애액!

박 신부의 예리한 은사(銀絲)가 이미 하수인의 목을 가르고 있었던 것이다.

올곧게 보이던 세상의 모든 것들이 어지럽게 회전하기 시작하고.

툭!

하수인의 목이 바닥에 떨어졌다.

교전의 첫 희생자가 나온 것이다.

3장
사생결단

"클린!"

그 시각, 현성은 코를 타고 계속해서 스며드는 악취를 막기 위해 클린 마법을 전개하고 있었다.

텔레포트에는 성공했다.

하지만 위치가 정확하게 특정되지 않은 탓에 예상보다 좀 떨어진 곳에 이동되었던 것이다.

하지만 어디라고 말하지 않아도, 숙주가 어디에 있을지 짐작이 갈 정도로 악취가 상당했다.

"라이트!"

이이이이이이잉!

시야를 밝히기 위해 라이트 마법을 전개하자, 개수를 셀 수 없을 정도로 엄청난 수의 파리가 일제히 날아올랐다.

수많은 검은 점들의 향연이 전부 파리 떼였다.

바로 그때.

이잉! 이잉! 이이잉! 잉!

"블링크!"

날아오른 파리 떼의 움직임이 이상했다.

불빛과 인기척에 반응한 것이면 어지럽게 날아다니며 다른 곳으로 빠져나가거나, 혹은 다시 원래의 자리로 되돌아와야 했다.

하지만 파리 떼들은 마치 약속이라도 한 것처럼 현성의 몸을 노리고 날아들고 있었던 것이다.

팟! 파팟! 팟! 파삭!

현성이 방금 전까지 있었던 자리로 날아든 파리 떼들이 뒤엉켜 힘없이 떨어지거나, 속력을 이겨내지 못하고 부딪히며 기괴한 소리를 내며 터져 나갔다.

숙주의 힘이란 이런 것일까.

현성은 다시 호흡을 골랐다.

숙주의 악취가 갈수록 깊게 느껴지는 만큼, 이 길이 맞다는 확신이 들었다.

"후우. 하아. 후우. 하아. 블링크!"

심호흡을 마친 현성이 블링크를 시전하며 이동했다.

치치치치익! 치익! 치익!

현성이 블링크를 하며 신형을 옮길 때마다, 현성의 모습을 확인한 파리 떼들이 날아들었다.

"파이어 월!"

현성은 블링크와 파이어 월을 교차 시전하며 계속해서 지하실 쪽으로 움직였다.

확실히 불길은 효과가 있었다.

뜨거운 불길이 지하실로 향하는 통로에서 솟아오르기 시작하자, 날아들던 파리들이 불길에 휘말려 순식간에 비명횡사했던 것이다.

몇몇 파리가 그 불길을 뚫고 넘어오긴 했지만, 녹아버린 날개 탓에 바닥에 떨어져 다시는 날아오르지 못했다.

"하, 빌어먹을."

지하실 통로를 따라 점점 내려갈수록 냄새의 강도가 더 심해졌다.

클린 마법을 최대치로 펼치고 나서야 겨우 청량한 공기를 느낄 수 있을 정도였다.

그것도 클린 마법의 정화 수치만큼 빠르게 잠식하는 숙주의 독기 때문에 잠깐이라도 클린 마법의 강도가 약해지면, 이

내 코끝을 타고 악취가 파고들었다.

그나마 클린 마법을 펼쳤기에 버틸만한 수준이지, 그냥 들어와서는 입구에서부터 헛구역질을 할 판이었다.

"하아."

바로 그때.

드디어 보였다.

지하실 입구를 꾸역꾸역 비집고 나온 정체불명의 질퍽해 보이는 형체.

몸의 일부로 보이는 그것은 점액(粘液)으로 둘러싸여 있었는데, 여기저기 털 같은 것이 삐죽삐죽 나와 있는 것이 매우 흉물스러웠다.

"파이어 볼."

현성이 망설일 것 없이 그 위로 열기를 잔뜩 머금은 파이어 볼을 전개했다.

손을 떠난 화염구체가 직격으로 놈의 몸뚱이를 강타하고.

끼야아아아아아아—

"크윽!"

그 순간, 귀가 찢어질 듯한 비명 소리가 현성의 귓전을 때렸다.

동시에 파이어 볼로 인해 터져 나간 놈의 몸뚱이의 상처에서 검붉은 색의 피가 분수처럼 솟구쳐 나왔다.

"번지수는 확실히 제대로 짚은 것 같군. 그렇다면!"

현성이 본격적으로 공격을 전개하기 시작했다.

동시에 쉴드를 두텁게 펼쳤다.

만약을 대비하기 위함이었다.

퍽! 퍼퍼퍽! 퍽! 퍽!

끼아아— 끼야아— 끄아—

현성의 마법 공격이 몸에 박힐 때마다, 소름 끼치는 비명 소리가 들렸다.

현성은 쏟아져 나오는 피들을 쉴드로 막아 가며, 계속해서 놈의 몸을 타격했다.

리나의 말대로 몸의 크기는 어마어마했다.

지하실 입구부터 차지한 몸뚱이는 안으로 들어서니 전체를 가득 메우고 있었다.

이것은 몸이라기보다 그냥 지하실을 이 검붉은 색의 피로 가득 채운 가죽 자루를 가져다 놓은 느낌이었다.

현성이 공격을 퍼붓자, 숙주의 몸이 급격히 줄어가며 계속해서 피를 쏟아냈다.

왜 녀석은 일방적으로 당하고 있을까?

현성은 의문이 들었다.

이 거대한 몸을 움직이긴 힘들겠지만, 다른 방법으로 충분히 자신을 상대할 수 있지 않을까 싶었던 것이다.

바로 그때.

치이이이이이이이익.

"블링크!"

갑작스럽게 펼쳐진 상황에 현성이 재빨리 블링크를 시전했다.

의외의 상황이 펼쳐졌다.

바닥에 흩뿌려진 피들이 갑자기 부글부글 끓더니, 순식간에 산화해 버린 것이다.

위험천만한 상황이었다.

아무 생각 없이 숙주가 쏟아내는 피를 뒤집어썼다면, 현성의 몸이 순식간에 산화했을 일격이었다.

"……."

현성이 입술을 질끈 깨물었다.

방심해선 안 될 것 같았다.

휘이이이이.

지하실 안으로 부는 한줄기 바람.

라이트 마법을 전개한 현성은 붉은 빛의 기체들이 한데 뭉치기 시작하더니, 사람 머리만 한 크기의 덩어리로 변한 것을 확인할 수 있었다.

그리고.

부우우우웅!

"홋!"

고무공처럼 튕겨지듯 날아오는 적색 구체.

순식간에 벌어진 일인 탓에 현성이 몸을 날려가며 옆으로 피했다.

아슬아슬하게 적색 구체가 살짝 옷깃을 스치고 지나갔다.

동시에 지나간 자리에서 연기가 피어올랐다.

구체에 닿았던 옷자락이 찢겨져 나간 것은 두말할 필요도 없었다.

이제 놈이 본 실력을 드러내기 시작하는 구나.

현성은 심상치 않은 숙주의 대응에 공격 속도를 더 높이기로 했다.

그리고 쉴드를 최대치로 펼쳤다.

이래서는 마나의 소모가 엄청나겠지만, 그래도 상관없었다.

"헤이스트!"

현성이 호기롭게 숙주에게로 달려들었다.

"라이트닝 스트라이크!"

"라이트닝 볼트!"

생체에는 역시 전류가 가장 효과가 좋다.

현성은 계속해서 좌우로 움직이며, 쉴 새 없이 전류 공격을 퍼부었다.

파삭! 파사사삭! 파삭! 파사삭!

끼에― 끼야― 끼우우우우우우우우―

몸이 터져 나가고, 비명 소리가 계속됐다.

바닥에 흩뿌려진 피들은 계속해서 산화하고, 덕분에 쉴드에 막혀 흘러내리던 핏방울들도 산화하면서 야금야금 쉴드의 두께를 깎아냈다.

현성은 신경 쓰지 않고 계속 공격을 퍼부었다.

적색 구체가 등 뒤에서 쉴드를 가격했지만, 아직까지는 쉴드가 충분히 버텨줄 만했다.

치이이이익―

"음."

숙주가 안 되겠다 싶었는지, 아예 적색 구체를 쉴드에 밀착시켰다.

그리고 쉴드의 외벽을 분해시켜 가기 시작했다.

지면에서 끊임없이 유입되는 적색 연기들은 구체의 크기를 일정하게 유지시켰고, 현성의 등 뒤에 붙은 적색 구체는 계속해서 쉴드를 깎아냈다.

서서히 녹이고 있었던 것이다.

"후우."

현성이 뜨거운 숨을 내쉬었다.

그렇게 난타를 퍼부었는데도 놈의 몸은 여전히 지하실의

7할을 메우고 있었다.

바깥쪽 몸뚱이를 걷어낼 때는 그대로 점점 놈의 몸이 사라진다는 느낌이 있었는데, 방금 전부터는 마치 점성이 높은 진흙 때리는 느낌이었다.

공격을 가하면 몸이 줄어들었다가, 현성의 공격으로 인해 손실된 자리를 다른 살점들이 메워 버리는 것이다.

이래서는 한세월이었다.

당장에 밖에서 하수인들과 사투를 벌이고 있을 동료가 걱정이었다.

리나나 박 신부, 7남매는 쉽게 당하지 않겠지만.

함께 온 뱀파이어들의 운명은 동료들과 달리, 가장 위험한 상황에 노출되어 있었다.

그들도 소중한 목숨들이었다.

그리고 오로지 돕겠다는 생각 하나만으로 전투에 참여해 준 사람들이었다.

오랜 시간 하수인들의 공격에 노출되면, 뱀파이어들이 버텨낼 가능성은 높지 않았다.

"호랑이 굴에 들어가지 않고 호랑이를 잡을 순 없겠지!"

현성이 두 주먹을 불끈 움켜쥐었다.

무언가 생각이 달라졌다는 것을 감지한 것일까.

일순간 거친 숨을 몰아쉬듯 격동하던 숙주의 몸이 정지 화면처럼 멈췄다.

"블링크!"

현성의 몸이 숙주의 시야에서 사라졌다.

그리고.

물컹!

"……!"

숙주는 느꼈다.

바로 자신의 몸뚱이 속에서 꿈틀거리는 무언가가 있었음을.

퍼퍼펑! 펑! 펑! 펑!

눈 깜짝할 사이에 벌어진 일.

숙주의 몸 안 여기저기서 폭죽처럼 섬광이 터져 나오기 시작했다.

그때마다 화염 구체가, 바람 구체가, 그리고 전류들이 벌어진 상처를 비집고 밖으로 빠져나왔다.

끼야아아아아아아아아!

숙주가 끝없는 비명을 내질렀다.

여러 가지 경우의 수를 예상은 했지만, 현성이 아예 몸속으로 들어와 이런 일을 할 것이라고는 예상조차 하지 못했던 모양이었다.

몸속의 역겨운 냄새와 걸쭉한 핏물이 계속해서 쉴드의 두께를 깎아먹고 있었지만, 십여 초 정도는 버틸 만했다.

쉴드를 최대치로 유지하고 있는 탓에 마나의 소모가 극심했고, 이제는 다시 밖으로 나가 정비할 필요가 있었다.

"파이어 월!"

화르르르르르륵!

현성이 강렬한 불길을 숙주의 몸 안에 심어 놓고는 블링크를 이용해 다시 안으로 빠져나왔다.

그러자 불과 얼마 전까지만 해도 숙주의 거대한 몸으로 가득했던 지하실이 온통 찢겨져 나간 살점과 핏물로 범벅이 되어 있었다.

꾸룩! 꾸루룩! 꾸룩!

숙주의 몸이 점점 수축하며 줄어들고 있었다.

몸 안이 텅텅 비어버렸으니 그럴 만도 했다.

현성은 과도한 마나의 사용으로 가빠진 호흡을 가다듬으며, 숙주를 계속해서 응시했다.

이대로 놈이 죽는다는 것도 우습다.

그럴 리는 없을 것이라 생각했다.

팟. 파파팟. 팟.

바로 그때.

숙주의 몸에서 붉은빛 섬광이 일직선으로 뻗어 나오기 시작했다.

동시에 바닥에 흩뿌려져 있는 핏물들이 허공으로 떠오르

며 마치 끝없는 안개의 향연을 보는 것처럼 현성의 시야를 가로막았다.

그리고.

쿠우우우우우우웅!

"크윽!"

현성이 손을 쓸 새도 없이 섬광과 함께 어우러진 피의 안개가 현성을 스치고, 지하실 문을 뚫고는 밖으로 빠르게 뻗어져 나갔다.

"젠장."

어떻게 될지 예상이 갔다.

이제 지하실에 있을 이유는 사라졌다.

"헤이스트!"

현성이 지체할 것 없이 헤이스트를 시전했다.

그리고 숙주가 남긴 흔적의 뒤를 쫓아, 빠르게 추적하기 시작했다.

"크윽……."

"윤수야! 아아아악, 제기라아아아아알!"

"저 새끼를 죽여 버려!"

한편 지하실 밖에서는 전투가 한창이었다.

시간이 지나면서 뱀파이어 쪽의 희생자가 벌써 일곱이나

나왔다.

부상자도 여덟이었다.

정상적으로 싸우고 있는 것은 홍광태와 조원석을 포함해서 일곱이었다.

박 신부 일행의 성과도 없는 것은 아니어서 열 명이었던 하수인은 절반인 다섯으로 줄어 있었다.

하지만 방금 전.

지하실에서 솟구쳐 나온 붉은 빛의 기운이 하수인들에게 흡수되면서, 놈들의 공격이 강력해졌다.

그전까지는 7남매의 경우 한 명이 하나를 맡는 식으로 하수인을 상대했지만, 이제는 무리였다.

하수인들의 움직임은 곱절 이상으로 빨라졌고, 어지간한 상처는 바로 회복됐다.

그리고 죽음으로 직결되는 급소들은 하수인들이 적극적으로 방어를 하는 탓에 타격하기가 쉽지 않았다.

하수인들이 더욱 강해졌기 때문에 이제 뱀파이어들은 싸우는 것이 무의미했다.

"이제 더 이상 함께하지 않으셔도 됩니다. 부상자들을 돌봐주십시오. 이대로 뱀파이어분들이 싸우는 건 희생이 더 커지는 꼴밖에는 안 됩니다."

박 신부가 홍광태와 조원석 등을 통해 뱀파이어들을 뒤로 물리게 했다.

이제는 총알받이 역할도 하기 힘들었다.

하수인들의 공격만 스치더라도 당장에 죽을 판이었다.

박 신부 역시 접근전, 난타전에는 약점이 있는 지라 하수인들을 상대하는 데 애를 먹고 있었다.

동료 둘이 은사에 당한 탓에 하수인들은 박 신부의 움직임을 계속 주시하고 있었고, 의도적으로 트랩을 설치한 곳으로는 아예 움직이지도 않았다.

오히려 협공(挾攻)을 하며 박 신부의 목숨을 위협했고, 몇 차례 위기를 맞이한 적도 있었다.

덕분에 박 신부 일행 중에는 리나를 제외하고 대부분이 격하게 숨을 몰아쉬며, 난전으로 흐트러진 호흡을 겨우 달래고 있었다.

팟! 파팟! 팟!

잠시의 소강상태가 벌어진 사이, 현성이 입구로 빠져나왔다.

장대비는 전보다 더 굵어져 있었다.

현성은 적당한 위치를 선점하고 무표정한 얼굴로 노려보고 있는 하수인들을 보며 마른침을 삼켰다.

숙주의 힘이 나눠져 들어간 다섯의 하수인.

놈들의 위력은 보지 않아도 뻔했다.

"다시 가죠!"

현성이 동료들을 독려했다.

하수인이니 뭐니 해도, 결국 놈들도 결국 고깃덩어리, 인간의 육체로 이루어진 녀석들이었다.

목숨이 두 개는 아닌 것이다.

이미 숙주는 지하실에서 많은 힘을 잃었다.

마지막 발악으로 밖으로 뛰쳐나와 하수인들에게 남은 힘을 전한 것이다.

빠지지직! 빠직! 빠직!

현성을 중심으로 엄청난 전류의 파장이 사방으로 쉴 새 없이 솟구쳤다.

"이번 전투가 끝나면 너덜너덜해진 이 은사부터 좀 새로 맞춰야겠군요."

지이이이잉.

박 신부가 다시 한 번 은사의 양옆을 쭉 당겨, 팽팽하게 만들었다.

난전이어도 빈틈은 반드시 나타난다.

놈들이 그 무엇보다도 두려워하는 은(銀), 박 신부는 은의 힘을 잘 알고 있었다.

"살 제대로 빠지겠네."

리나가 얼굴을 타고 흘러내리는 빗물로 목을 축이며 미소를 지었다.

그녀의 눈빛은 더욱 날카로웠다.

"야아아아압!"

7남매 전원이 일제히 기합을 내지르며, 각자의 힘을 다시 한 번 끌어올렸다.

난전으로 상당한 내력의 손실이 있었지만, 아직까지 한두 번의 전투를 더 치를 여력은 있었다.

그리고.

"타아아앗!"

현성의 일갈과 함께 다시 전투가 시작됐다.

치에에에에엑!

하수인들 역시 물러서지 않고 맞섰다.

"하… 하느님, 부처님, 예수님……."

저 멀리서 현성 일행과 하수인들의 전투를 지켜보는 뱀파이어들은 저마다 생각나는 신들을 찾고 있었다.

저 무지막지한 놈들 앞에서 자신들은 무력했다.

뱀파이어라는 허울 좋은 이름만 가지고 있을 뿐.

아무런 도움도 되지 않았다.

"하……."

홍광태가 긴 한숨을 내쉬었다.

잠깐의 전투.

정말 몇 번의 교전도 없었는데 뱀파이어 동료들이 죽어나갔다.

물론 동료들을 죽인 하수인 놈들은 모두 죽었다.

리나나 박 신부, 혹은 7남매에게.

수가 반으로 줄기는 했어도, 전투에 참여한 전원이 엄청난 체력 소모를 겪었을 만큼 놈들은 강력했다.

지금 치러지고 있는 전투가 사실상 최후의 전투나 마찬가지였다.

한차례 교전이 끝나고 나면, 어떻게든 결판이 날 것이다.

지쳐 나가떨어지는 것은 곧 죽음으로 직결될 일이었다.

* * *

"하아. 하아. 하아."

7남매 모두가 가쁜 숨을 내쉬었다.

그들의 몸 여기저기에 난 상처들은 얕지 않았다.

7남매들은 교전을 하면서 차례대로 전장을 이탈해 빠져나와 지금은 모두가 휴식을 취하고 있었다.

교전은 30분을 계속됐다.

하수인 넷이 죽고 하나가 남았다.

"후… 쉽지 않군요. 후우. 후우."

박 신부도 대열에서 이탈했다.

난전에서 허벅지에 상처를 입은 탓이었다.

게다가 체력이 급격하게 떨어져 정상적으로 전투를 치르기 힘들 것으로 판단하자, 현성이 박 신부를 물러나게 한 것이다.

전투의 끝이 보이고 있었다.

현재 싸우고 있는 것은 현성과 리나였다.

그리고 마지막 남은 하수인.

놈은 동료들이 하나씩 죽어나갈 때마다 몸 안에서 빠져나오는 붉은 빛의 연기를 흡수하며 더더욱 강력해졌다.

지금은 홀로 남았으니 그야말로 완전체가 된 것이나 다름없었다.

움직임은 더 빨라졌고, 재생력도 더욱 좋아졌다.

하지만 역시 놈에게도 한계는 있었다.

거듭된 난전으로 생긴 상처는 치유되었을지 몰라도 잘려나간 왼쪽 팔이나 돌아가 버린 오른쪽 무릎은 돌이킬 수 없었던 것이다.

아마도 숙주는 자신이 공격을 당할 가능성을 높지 않게 판단했던 것 같았다.

사회의 모든 시선이 뱀파이어와 능력자들에게만 쏠려 있었기 때문이다.

사실 리나가 알려주지 않았더라면, 현성 역시도 숙주에 대한 생각조차 하지 않았을 것이기도 했다.

인간들의 시선을 뱀파이어 자체에 집중하게 해놓고, 놈은 계속 몸을 불려가고 있었던 것이다.

리나의 말대로 여기서 좀 더 시간이 흘렀더라면 필요한 모든 힘을 축적했을 것이고, 그때는 정말 최악의 상황이 계속되었을 터.

하지만 현성과 리나도 피로의 누적이 상당했다.

몇 번의 정비 기간을 가졌지만, 회복되지 않은 마나는 빠르게 바닥을 드러내고 있었다.

이대로라면 하이클래스의 공격 마법 구사가 힘들 판이었다.

리나 역시 두 다리의 힘이 풀려가고 있었다.

워낙에 빠른 하수인의 움직임이었기 때문에 이를 따라잡거나, 혹은 대응하는 과정에서 잔동작이 상당히 많아졌기 때문이었다.

“등 뒤를 노려. 내가 어떻게든 묶을 테니까.”

현성이 나지막한 목소리로 중얼거렸다.

쏟아지는 빗줄기의 소리는 그 나지막한 목소리마저 묻어버렸다.

리나는 얼굴을 타고 흘러내리는 빗물을 쓸어내며, 조용히 고개를 끄덕였다.

그리고.

“블링크!”

현성이 블링크를 전개하며 바로 하수인의 코앞으로 붙었다.

지이잉!

동시에 연이어 전개된 마나 건틀릿의 양손이 하수인의 양쪽 어깨를 붙잡았다.

꽈아아아악!

최대치로 끌어올린 악력(握力)!

치에에엑!

양어깨를 붙잡은 현성의 움직임에 하수인이 날카로운 이빨을 드러냈다.

자신의 양어깨가 묶인 셈이었지만, 반대로 생각해 보면 현성의 양손 역시 이 때문에 묶여 있는 것이나 다름없었기 때문이다.

빈틈이 생긴 현성의 목덜미는 그야말로 녀석에게는 노리기 좋은 먹잇감.

이빨을 쑤셔 넣는 순간, 이 엄청난 인간의 몸은 뱀파이어의 몸으로 변하게 되는 것이다.

하수인, 아니 숙주의 사념(思念)을 가진 녀석은 생각했다.

이참에 아예 이놈을 뱀파이어로 만듦과 동시에 자신의 모든 것을 넘겨 버리면 좋을 것이라고.

이 세계의 평범한 인간들은 생각조차 할 수 없는 사이한 기술들을 쓰고 있는 이 인간의 몸이라면, 충분히 뱀파이어로서의 삶을 이어가기에 부족함이 없을 것이라고.

자신 혼자만이 남았다는 심리적인 압박감과 현성의 빈틈을 보며 든 생각이 숙주의 마음을 동하게 만들었다.

그리고.

캬아아아악!

판단을 끝낸 숙주가 현성의 목덜미를 노리며 달려들기 시작했다.

우드드득! 우득! 우드득!

현성에게 묶여 버린 양어깨의 고정을 풀기 위해, 놈은 아예 자신의 양쪽 뼈를 탈골(奪骨)시켜 버렸다.

그리자 몸이 좀 더 앞으로 나올 여지가 생겼다.

자연스럽게 이빨이 목덜미를 물 수 있는 견적이 나왔다.

"……."

현성은 힘을 빼지 않은 상태로 물러서지 않고 맞섰다.

지켜보는 박 신부와 7남매, 뱀파이어들의 표정에는 걱정이 가득했다.

하지만 반원을 그리며 놈의 뒤로 향하고 있는 리나의 모습에서 희망을 봤다.

캬아아악!

숙주의 이빨이 코앞까지 다가와 있었다.

와드득! 으득! 와드드득!

놈은 더욱 어깨뼈를 비틀었다.

이 몸에는 미련이 없었다.

눈앞에 좋은 먹잇감이 물러서지도 않고 보란 듯이 버티고 있었다.

키엑!

놈이 마지막으로 온몸에 잔뜩 힘을 주었다.

그리고 허리의 반동을 이용해 몸을 확 뒤로 젖혔다.

이 힘으로 현성의 목을 물 요량이었다.

"그렇겐 안 되지."

그때.

등 뒤에서 리나가 나타났다.

그리고.

쉬이이이익!

"……!"

푸슉! 푸슉! 푸슈슈슈슈슈슈슈슉!

리나의 예리한 단도가 놈의 목 절반을 갈랐다.

피분수가 허공으로 솟구쳤다.

동시에 그 엄청난 힘을 감당해 내지 못하고 놈의 목이 사선으로 꺾였다.

"매직 미사일!"

그 상태로 꺾인 목을 움켜쥔 현성이 매직 미사일을 전개했다.

그러자 숙주의 머리는 애초에 존재하지도 않았던 것처럼, 허공을 날아 지면의 어디론가 떨어져 없어졌다.

쿠웅!

숨이 끊어진 몸뚱이는 더 이상 움직이지 못했다.

이렇게 마지막으로 남은 하수인, 즉 숙주가 제거된 것이다.

"하아. 하아. 하아."

"후우. 후우. 후우."

리나와 현성이 거칠게 숨을 몰아쉬었다.

마나는 이제 딱 한 번의 마법을 사용할 수 있을 정도밖에 안 남아 있었다.

승부수를 던지지 않았더라면 리나가 현성이 회복될 때까지 시간을 벌어줘야 했을 것이다.

쉽지 않았을 일이었다.

하지만 해낸 것이다.

4장
해방

"변하고 있어."

"아아, 이 느낌인가?"

샤아아아아아—

보이지 않는 무형의 기운.

하지만 본인들은 느낄 수 있는 기운이 전신에서 느껴지고 있었다.

숙주의 머리가 주인을 잃고 지면에 떨어지는 그 순간.

몸 전체에서 변화가 일어나기 시작했다.

미세하게나마 어둡게 변했던 피부의 색깔이 원래대로 돌

아오기 시작하고, 날카로워졌던 송곳니도 서서히 원래의 모습을 되찾아갔다.

그리고 가장 큰 변화는!

역시 흡혈 욕구에 대한 것이었다.

점점 사그라지기 시작한 욕구는 어느새 있지도 않았던 것처럼 사라져 버렸다.

사라진 흡혈 욕구의 빈자리는 한동안 느껴본 적 없었던 식욕(食慾)이 대신 차지했다.

꼬르르르륵—

그토록 듣고 싶었던 소리였다.

배가 고픈 뱃속에서 내는 투정의 소리.

뱀파이어가 된 이후로는 들어본 적 없는 오래된 기억 속의 소리였다.

"하아……."

"돌아왔어……."

누가 먼저랄 것도 없이 눈물을 흘리기 시작했다.

뱀파이어들은 앞서의 전투에서 목숨을 잃은 동료들에 대한 미안함으로 눈물을 흘렸다.

그들의 시신은 어느새 한 줌의 재로 산화하여 사라지고 없었다.

살아남았다는 안도감 때문일까.

아니면 저주받은 뱀파이어의 삶에서 해방되었다는 기쁨 때문일까?

뱀파이어들은 서로가 서로를 부둥켜안고, 한참을 울고 또 울었다.

홍광태 역시 눈시울이 붉어지기는 마찬가지였다.

이제 사랑하는 연인, 그리고 가족의 품으로 돌아갈 수 있게 됐다.

뱀파이어가 아닌 당당한 인간으로서.

"드디어 기다렸던 해방이군요. 진정한 자유가 되었습니다, 당신들은."

박 신부가 씨익 미소를 지어보였다.

좀처럼 보기 힘든 해맑은 미소였다.

끝이었다.

이 땅에 뿌리를 내렸던 저주받은 뱀파이어의 운명이 막을 내린 것이다.

이제는 자의, 타의에 관계없이 모든 뱀파이어들은 일반인이 되었다.

그들은 더 이상 흡혈에 대한 욕구를 느낄 수도 없을 것이고, 다른 사람들을 뱀파이어로 만들 수도 없다.

"정말 감사드립니다. 정말……."

홍광태가 고개를 숙였다.

"오늘을 잊지 못할 겁니다. 먼저 간 친구들도… 부디 행복을 빌어주길 바랄 뿐입니다."

조원석의 눈가에도 눈물이 고여 있었다.

동료들의 죽음이 안타깝고 슬펐지만 어쩔 수 없었다.

그들이 조금이라도 시간을 끌어줬기에 하수인들을 상대하고, 죽일 수 있었다.

그렇지 않았다면 현성 일행은 고전했을 뿐만 아니라, 숙주를 제거하지도 못한 채 패퇴해야 했었을 수도 있었다.

그렇게 되면 얼마나 많은 사람들이 또 뱀파이어가 될 것이며, 얼마나 큰 재앙이 될지는 상상조차 하기 싫었다.

7남매는 눈물을 하염없이 흘리고 있는 뱀파이어들을 위로했다.

아니, 이제 그들은 뱀파이어가 아니었다.

평범한 인간이었으니까.

뱀파이어였던 인간들을 위로하고 있는 것이다.

"아직 끝난 건 아니잖아."

"남아 있지."

"내가 처리할게. 이 세계에서 내가 유일하게 법의 테두리 밖에 있을 수 있는 사람이니까."

"그 몸은 엄밀하게 말하면 네 것이 아냐. 언젠가 돌려줘야 할 몸이잖아.”

“하지만…….”

“매듭은 내가 짓겠어. 아직 처리되지 않은 뱀파이어의 악령들이 남아 있으니까.”

현성과 리나는 이미 다음 목적지를 정하고 있었다.

바로 김영권과 진씨 형제들이 있을 아지트였다.

그들도 이제 뱀파이어로서의 삶은 끝났을 것이다.

하지만 과거의 죄악(罪惡)을 숨긴 채, 문명 속으로 스며들어와 활보할 것이라 생각하니 도저히 용납할 수가 없었다.

숙주가 죽음으로 인해 대한민국의 땅덩어리 위에 존재하는 뱀파이어들은 모두 사라졌을 것이다.

하지만 그들이 남긴 죄악은 사라지지 않았다.

그들은 반드시 단죄되어야만 했다.

“가자.”

“응.”

현성과 리나가 잠깐의 휴식을 마치고, 다시 움직이기 시작했다.

빠를수록 좋았다.

놈들이 자신들에게 일어난 변화를 눈치채는 데에는 그리 오랜 시간이 걸리지 않을 것이다.

작정하고 모습을 숨겨 버리면, 그 이후로는 수많은 시간을 허비해야 했다.

정의를 바로 세우고, 꼬일 대로 꼬여 버린 운명을 풀기 위해 이미 어느 정도 마음의 결심을 내린 현성이었다.

첨벙첨벙.

지면에 차오르기 시작한 빗물들을 가르며.

현성과 리나가 홍광태에게로 왔다.

모두가 슬퍼하거나, 혹은 행복해하고 있었지만.

아직 현성에게는 만족스러운 결말이 아니었다.

"제게 안내해 주십시오. 아직 처리되지 않은 녀석들이 있습니다. 여러분들을 죽이려 했고, 또 죽였던 그놈들이 살아 있으니까요."

"…그렇습니다."

현성의 말에 생각이 환기된 홍광태가 고개를 끄덕였다.

"개새끼들!"

조원석이 자리를 박차고 일어섰다.

해방의 기쁨도 잠시, 놈들의 돌이킬 수 없는 악행이 떠오르자 분노를 주체할 수 없었던 것이다.

"가죠. 그놈들은 걸맞는 최후를 맞이해야만 합니다. 그래야 죄 없이 희생된 수많은 사람들과 동료들을 위로할 수 있습니다."

"저도 가지요."

박 신부가 벽을 짚고 힘겹게 일어섰다.

하지만 현성은 고개를 저었다.

"아뇨, 괜찮습니다. 어차피 이제는 이빨 빠진 호랑이가 되었으니까요. 혼자서도 충분합니다."

자만이 아니라 사실이었다.

이제 그들은 평범한 일반인이 되었다.

그나마 특출하다 할 만했던 육체적 능력도 과거의 이야기가 되었다.

현성의 입장에서 놈들은 걸어 다니는 볏짚이나 다를 것이 없었다.

혹자는 이렇게 말할지도 모른다.

반항할 힘조차 없는 사람들을 상대로 가혹한 처사가 아니냐고.

하지만 현성은 자신 있게 반문할 수 있었다.

반항할 힘이 없다고 해서, 그들의 패악(悖惡)이 사라지겠느냐고.

현성의 머릿속에 다른 생각은 없었다.

단죄받아야 마땅할 놈들은 단죄를 받아야 한다.

현성 자신이 정의(正義)라고 단언할 수는 없었지만, 적어도 그놈들이 죗값을 치러야 한다는 사실은 변하지 않을 이치라고 생각했다.

"7남매와 박 신부님은 남은 동료들과 함께 충분한 휴식을 취해주십시오. 홍광태 씨와 조원석 씨만 저를 안내해 주시면 됩니다. 저와 리나면 충분합니다. 그 이상은 정말 필요 없습니다. 끝을 내고 오겠습니다."

"알겠습니다. 그럼… 연락을 기다리지요, 현성 씨."

"예, 신부님. 자, 그럼 가죠."

현성이 서둘러 움직이기 시작했다.

한 놈이라도 빠져나가기 전에.

그 끝을 볼 생각이었다.

*　　*　　*

한편 그 시각.

신정우는 자신의 옆을 지키고 있던 뱀파이어 부하 둘.

이민호와 이민우에게서 그들에게 일어난 변화에 대한 이야기를 듣고 있었다.

"더 이상 흡혈 욕구가 느껴지지 않는다?"

"예, 그렇습니다."

이민우가 고개를 끄덕였다.

"덩달아 신체 능력까지 상실한 느낌이라 이건가."

"예, 형님."

이민호 역시 똑같이 고개를 끄덕였다.

방금 전까지 솟구치는 흡혈에 대한 욕구로 가득했던 머릿속은 어느새 식욕으로 뒤바뀌어 있었다.

육체적인 능력의 약화도 느껴졌다.

"이상한 변화로군."

사각. 사각. 사각.

신정우가 든 과도(果刀)가 무심하게 사과 껍질을 슥슥 벗겨냈다.

이민호와 이민우는 믿기지 않는 듯, 몸 여기저기를 계속해서 살피고 있었다.

이 저주받은 삶이 끝난 걸까?

그런데 어떻게?

그 의문에 대한 답을 알 수가 없었다.

쉬이이익! 쉬익!

바로 그때.

사과 껍질을 벗겨내던 신정우의 신형이 순식간에 움직이며, 눈 깜짝할 사이에 두 형제의 사이를 지났다.

그리고.

"커헉……."

"으큭……."

이민우와 이민호가 갑자기 뜨거운 느낌이 솟구치기 시작

한 목을 움켜쥐며 비틀거리기 시작했다.

신정우의 과도가 경동맥을 가르고 지나간 것이다.

이미 상황이 벌어졌음을 깨달았을 땐 몸이 한쪽으로 기울고 있었다.

자신들이 어떻게 당했는지조차 모른 채, 두 뱀파이어는 목을 움켜쥔 채로 그 자리에서 쓰러졌다.

숨이 끊어진 것이다.

"빌어먹을……."

숙주에 대한 사실을 모르는 신정우였지만 상황만 보고도 유추할 수 있었다.

어떻게 된 일인지는 모르겠지만 뱀파이어들이 능력을 상실하기 시작한 것이다.

뱀파이어들을 뱀파이어로서 존재하게 만드는 강한 구속력이 사라진 상황.

이렇게 되면 신상현을 비롯한 휘하의 뱀파이어들도 정상인이 되는 것이고.

진씨 형제와 김영권 역시 뱀파이어의 삶에서 당연히 해방된다.

이용 가치를 상실한 뱀파이어들이 평범한 인간의 삶으로 되돌아가게 된다면?

쓸데없는 부스러기들만 남겨놓게 되는 셈이다.

놈들은 자신의 얼굴을 알고 있고, 자신이 해온 일들을 알고 있다.

혹시나 괜한 정의감이 발동하여 현성을 위시한 그들의 조직인 '백야'에 협력을 한다거나, 다른 식으로 머리를 아프게 하면 신경 쓰일 일이 한 두 가지가 아니었다.

잠시 생각에 잠겨 있던 신정우는 빠르게 전화를 걸었다.

수신인은 김도원이었다.

연결음이 두 번 정도 울리고.

바로 김도원이 전화를 받았다.

자정을 막 넘긴 시간.

김도원에게는 아직 대낮인 시간이었다.

—예, 형님.

"영권이랑 그놈들 전부 어디에 있는지 알고 있지?"

—물론입니다.

"모두 죽여."

—이유만 말씀해 주십시오. 궁금해서 그렇습니다. 큭큭.

꼴사납게 보기는 했어도 전략적으로 협력 관계를 유지하고 있는 뱀파이어들이다.

김도원은 신정우가 내린 심상치 않은 명령을 대수롭지 않게 받아들이는 눈치였다.

마치 기다리기라도 했던 것처럼.

"뱀파이어들이 능력을 상실했다."

—더 이상 필요가 없겠군요.

"그렇지."

—신기하군요, 무슨 일이 생긴 걸까요?

"알 것 없지 않나."

—하긴 그렇습니다. 그러면 신상현은 어떻게 처리하실 예정입니까? 제가 처리할까요? 아니면…….

김도원이 물었다.

평소에 붙이던 신상현 형님이라는 호칭은 온데간데없고, 이제는 마치 남인 것처럼 말을 잇는다.

"내가 처리하지."

—알겠습니다. 제가 나머지 잔챙이들을 처리하겠습니다. 아지트는 불태울까요?

"냅둬. 필요 없다."

—옛.

통화는 빠르게 끝났다.

김도원과 휘하의 부하들이면 뱀파이어, 아니 이제는 일반인이 되었을 놈들을 처리하는 것은 일도 아니었다.

연습용 표적.

그 이상, 그 이하도 아닐 테니까.

*　　*　　*

"이런 말도 안 되는 일이……."

"형님, 정말 뱀파이어의 속박에서 풀린 겁니까? 믿기지가 않습니다."

"홍광태와 그놈들이 해결책이 있느니 어쩌니 지껄였던 말이 사실이었다는 건가?"

김영권을 위시한 그의 일행들은 아지트에서 자신들의 변화에 연신 감탄하고 있었다.

뱀파이어의 삶에서 해방되었다는 것.

불안하면서도 한편으로는 왠지 모를 기대도 됐다.

어쩔 수 없이 뱀파이어가 되었고, 그 때문에 신정우에게 충성할 수밖에 없었다.

처음에는 동등한 관계에서 시작했지만, 어느 순간부터인가 주종 관계가 되었고.

사실 신정우에게 충성을 바치고 있으면서도, 한편으로는 이용만 당하다가 버려지는 게 아닐까 하는 불안감이 있었던 것도 사실이었다.

이 모든 악순환은 자신들이 뱀파이어였기 때문에 생긴 일이었다.

일반인이었다면, 적어도 신정우와 이렇게 엮일 일도 없었을 것이기 때문이다.

"이렇게 된 이상 군이 우리가 여기 있을 이유가 없지 않습니까? 형님, 전 왠지 느낌이 께름칙한데요."

진영화가 운을 뗐다.

자의에 관계없이 뱀파이어로서의 삶은 오늘로 끝이 나버렸다.

대낮에 거리를 활보해도 상관없는 인간이 되었으니, 얼마든지 문명 속으로 파고 들 여지가 있었다.

"이러면 우리의 이용 가치가 떨어지지 않습니까?"

진정화가 맞장구를 쳤다.

가장 예리하게 상황을 판단하고 있는 진정화였다.

그나마 총알받이라도 해줬으니 뱀파이어들을 데리고 있었던 신정우다.

한데 그 역할마저 할 수 없게 되었으니.

신정우의 입장에서는 이들에 대한 활용 가치가 0이 되어버린 것이다.

진정화는 생각했다.

활용 가치가 없어진 자신들을 과연 신정우가 온전히 살려둘 것인가?

그는 냉혹한 사람이다.

진정화는 고개를 저었다.

오히려 입을 막으려 할 가능성이 컸다.

직간접적으로 블랙 네트워크의 일에 동참한 뱀파이어들을 살려둘 것 같지 않았던 것이다.

콰앙!

"크흐흐흐! 안녕들 하신가, 뱀파이어이셨던 분들!"

바로 그때.

아지트로 들어오는 정문의 철문을 박차고 들어오는 누군가가 있었다.

날이 바짝 선 대검을 좌우로 흔들며, 입가에 잔뜩 비소를 머금고 있는 남자.

김도원이었다.

김도원을 선두로 각자 쓸 만한 무기를 쥔 그의 패거리가 하나둘 안으로 들어섰다.

5장 토사구팽

"……."

아지트 안에 있던 김영권과 그의 일행들의 표정이 일그러졌다.

입구는 이미 놈들이 점거해 버린 상황.

그리고 자신들은 그나마 자랑거리였던 '인간들보다 조금은 더 뛰어난' 신체 능력도 사라져 버렸다.

그야말로 맨몸이나 다름이 없었다.

"뭣들 하고 있어, 뭐라도 집어!"

김영권이 소리쳤다.

김도원의 표정이 모든 것을 말해주고 있었다.

죽이러 온 것이다.

어설프게 입을 막는다거나, 침묵에 대한 다짐을 받기 위해 온 것이 아닌 것이다.

"그래도 대장 노릇을 하려면 판단이 좋긴 해야지. 이제 와서 살려달라고 빈다 해도 우리가 살려줄 리가 없잖아? 클클클."

김도원이 어깨까지 들썩이고 웃어가며 자신을 노려보고 있는 수많은 시선을 깔보았다.

"혀, 형님."

뒤에서 지켜보고 있던 몇몇 녀석은 벌써부터 온몸을 벌벌 떨고 있었다.

힘겹게 각목을 움켜쥔 손도 두려움에서 자연스럽게 우러나오는 몸의 떨림을 멈추진 못했다.

"겁먹지 마. 저 새끼들도 결국은 사람이야. 뭐가 무서운데!"

김영권이 소리쳤다.

하지만 그 역시 내면 깊숙한 곳에서 피어오르는 두려움을 떨쳐낼 수 없었다.

"신정우, 이 개새끼!"

진정화가 소리쳤다.

김도원이 독단적으로 왔을 리는 없으니까.

지시는 신정우가 내렸을 것이다.

놈은 결국 이용 가치가 떨어진 자신들을 버렸다.

바보 같이 이용만 당하고 죽음을 맞이한 신철수를 그렇게 욕했건만, 자신들의 종착점도 결국 신철수와 다를 것이 없는 판박이였다.

단물까지 다 빠질 정도로 이용만 당한 자신들의 끝은 결국 죽음이었다.

"자, 거래를 하나 하지. 누구든 날 죽일 수 있는 사람은 앞으로 나와라. 일대일, 아니 둘도 괜찮다. 날 죽이면 순순히 저 길을 열어주지. 평생 해코지하지 않겠다고 약속하지. 정말이야. 지장? 도장? 말만 해. 계약서까지 써줄 테니까. 어때, 거래 성립?"

김도원이 성큼성큼 앞으로 나섰다.

자신감에서 우러난 도발이었다.

"씨발……."

진영화가 욕을 내뱉으며 천천히 앞으로 나섰다.

진영화의 손에는 날카롭게 절단되어, 그 끝이 뾰족하게 다듬어져 있는 부러진 쇠파이프가 쥐어져 있었다.

뾰족한 끝으로 찌르거나 가를 수만 있다면, 큰 상처를 주기에는 훌륭한 흉기였다.

"일대일?"

김도원이 손가락 하나를 들어보였다.

"꺼져, 이 또라이 새끼야!"

자신감에 가득 차다 못해 오만하기까지 한 김도원의 모습을 참을 수 없었는지, 진영화가 욕지거리를 내뱉으며 김도원을 향해 질주하기 시작했다.

"후후."

김도원의 입가에 미소가 걸렸다.

놈은 피하지 않았다.

제자리에 그대로 선 채, 자신을 향해 달려들고 있는 진영화를 정면으로 노려보았다.

그리고.

후우우우우우웅!

진영화의 쇠파이프가 허공을 가르며, 묵직한 파공음을 만들어 냈다.

하지만 그 소리의 끝에 격타(擊打)음은 없었다.

아무것도 없는 허공을 휘저은 것이다.

쉬이이익. 푸욱!

"끄어어어억!"

"느리군, 느려."

눈 깜짝할 사이에 진영화의 옆으로 이동한 김도원은 가볍게 진영화의 왼쪽 팔꿈치에 대검을 쑤셔 넣었다가 뺐다.

"야야아아앗!"

형제의 위기를 보고 있을 진정화가 아니었다.

진정화가 품속에서 꺼낸 단도를 움켜쥐며, 위기에 빠진 형을 구하기 위해 달려나가려는 바로 그 순간.

휘리리릭! 푹!

"……!"

일순간에 상황이 끝났다.

김도원이 뒷주머니에서 꺼낸 작은 단도가 순식간에 진정화의 이마 한가운데에 박히고 만 것이다.

쿠웅!

그것으로 끝이었다.

자신이 숨이 끊어졌다는 사실조차 모른 채.

진정화의 몸은 그대로 뒤로 넘어진 채, 영원히 일어나지 못했다.

"정화야!"

"뭘 그리 애타게 부르시나. 바로 보내줄게!"

동생의 죽음을 눈앞에서 본 진영화의 표정이 분노로 얼룩져 일그러졌다.

하지만 그의 운명도 크게 다르지 않았다.

또다시 진영화의 시야에서 김도원이 사라지고.

그의 기척을 느꼈을 땐, 이미 허공으로 날아오른 김도원의 몸이 자신의 어깨 언저리에 도착해 있었다.

푸확!

푸슈슈슈슈슈슈슈슈슈슉!

“야, 뜨겁구만! 핏물 샤워가 이런 거지!”

김도원의 대검이 정확하게 진영화의 정수리 위로 내리 꽂혔다.

마치 핏물이 솟구쳐 나오는 분수대를 연상케 하듯, 진영화의 머리 위로 붉은 핏줄기가 시원하게 솟아올랐다.

위에 올라타고 있던 김도원이 그대로 핏물을 뒤집어썼음은 두말할 나위도 없었다.

“히익!”

“허어어어억!”

여기저기서 겁에 질린 탄성이 터져 나왔다.

순식간에 목숨을 잃은 두 명의 리더.

남은 것은 김영권뿐이었다.

“뚫어! 뚫고 나가자! 모두 달려들어! 수는 우리가 더 많다! 가자! 간다!”

김영권이 자신이 뭐라고 내뱉었는지도 알 수 없을 말들을 외치며, 김도원을 향해 달려들기 시작했다.

“와아아아아!”

“에라이, 씨바아알!”

누가 먼저랄 것도 없이 공격이 시작됐다.

도망치다 죽으나, 싸우다 죽으나 매한가지였다.

김영권과 휘하의 뱀파이어들에게 선택지는 없었다.

싸워서 이기거나, 죽는 것.

이것이 전부였다.

아지트 안에서는 비명 소리가 끊이지 않고 들렸다.

때로는 기괴한 웃음소리도 들리고.

목숨을 구걸하는 애원의 소리도 들렸다.

하지만 점점 그 모든 소리들은 사그라졌다.

그리고 10분도 채 흐르지 않은 시간에.

"끄으으으윽……."

"마지막인가?"

"예."

"퇴근하자!"

푸숙! 후드드드드드드득!

"끄으으으으윽……."

가쁜 숨을 몰아쉬며 남은 생명의 끈을 붙잡고 있던 김영권도 그렇게 김도원의 대검에 최후를 맞이했다.

목에서 쉴 새 없이 쏟아져 나오는 피는 그의 목숨이 확실하게 끊어졌음을 보여주고 있었다.

불과 1시간 전까지만 해도 다수의 뱀파이어로 가득했던 아지트는 어느새 거대한 시체 저장소가 되어 있었다.

뱀파이어의 힘을 상실한 그들의 시체는 예전처럼 산화하지 않고 그 자리에 그대로 남았다.

"후아, 손맛 좋다."

김도원이 아지트 밖으로 나서며, 입고 온 청바지에 대충 대검 양면을 문질렀다.

걸쭉한 피가 잔뜩 묻어났다.

얼마나 많은 놈들의 목숨을 거뒀는지, 입고 온 흰색 면티와 청바지는 온통 붉은색이 되어 있었다.

누가 보면 붉은색 티셔츠와 바지로 깔맞춤을 하고 온 것 같을 정도였다.

"신상현은 어떻게 됐을까요?"

옆에 있던 정경호가 묻는다.

녀석도 신명나게 살인의 쾌감을 즐겼는지, 온몸이 피투성이었다.

덕분에 얼굴은 살색인지 붉은색인지 알 수 없을 색깔이 되어 있었다.

"형님이 가셨는데 살아남았겠냐?"

"그러고 보니 그놈도 뱀파이어였죠. 이젠 그냥 허수아비가 됐겠네요."

"언젠간 뒤질 줄 알았다니깐. 놈은 너무 고상한 척을 해.

지는 뭐 특별한 줄 아는 것처럼 말이야. 결국 자기도 뱀파이어면서 다른 뱀파이어들을 깔봤단 말이지?"

김도원이 입술을 씰룩였다.

신상현을 형님이라 부르며 따르긴 했지만, 듣기 좋으라고 불러줬던 호칭이었다.

그에 대한 존경이나 동료애, 형제애 같은 것은 애초에 있지도 않았다.

어차피 그놈이나 자신이나.

신정우를 통해 영향력을 키워볼 생각으로 블랙 네트워크에 들어오게 된 것이었다.

결국 언젠가는 독립해서 서로 맞부딪히거나, 귀찮은 힘 싸움을 했어야만 하는 운명이었다.

그런데 이렇게 이빨 빠진 호랑이가 되어 주셨으니.

운명이야 뻔했다.

신정우가 살려둘 리 없는 것이다.

아니나 다를까, 그런 생각이 채 끝나기도 전에 전화가 걸려왔다.

신정우의 연락이었다.

"예, 형님."

—상황은?

"전부 처리했습니다. 빠져나간 놈은 쥐새끼 한 마리도 없었습니다. 하나하나 확인해 가며 목까지 땄으니, 목숨이 두 개가 아니고선 살아서 일어나지 못할 겁니다. 혹시 몰라서 눈알도 하나씩 파놨구요."

평범한 사람이 들으면 소스라치게 놀랄 이야기를 김도원은 아무렇지 않게 하고 있었다.

하지만 통화의 상대 역시 이런 표현에 아무런 감흥을 느끼지 않는 사람이었다.

—수고했다.

"형님 쪽은 어떻게 되었습니까?"

—처리했다.

"신상현만 처리하신 겁니까?"

—핵심이 되는 놈들만 처리했다. 나머진 알아서 네 밑으로 편입이 될 거다. 수는 얼마 안 되니까 신경 쓸 필요는 없다. 그래도 준비해 두는 게 좋을 거다.

"아, 그렇습니까? 알겠습니다, 형님."

—그럼.

통화는 또 빠르게 끝났다.

용건과 상황만 빠르게 주고받은 통화였다.

"클클클, 사냥이 끝났으니 쓸모가 없어진 개는 잡아먹어야지. 개 노릇만 열심히 하다 가셨구만, 우리 신상현 씨는. 따라다니던 동생 두 놈 이름이 뭐였지?"

"계영철과 송희창입니다."

옆에 있던 정경호가 빠르게 답했다.

동료이자 라이벌 조직이었으니, 그들의 관계쯤은 예전부터 알고 있었다.

"나머지는 어차피 유대 관계가 깊지 않았으니, 알아서 꼬리를 내렸겠지. 새로 신입들이 잔뜩 들어올 것 같은데, 신고식이나 하지."

"예, 형님."

김도원의 말에 정경호가 고개를 끄덕였다.

그래도 나름 한때는 함께 싸웠던 동료의 죽음에 대한 소식이었지만, 그들의 두 눈에는 한 치의 흔들림도 없어 보였다.

애초에 죽었어야 했던 것처럼, 당연한 반응이었다.

"자아, 가자! 비도 오고 시원한 밤이다! 클클클클!"

쏟아지는 장대비 사이로 김도원의 기괴한 웃음소리가 한참을 뻗어져 나갔다.

그 뒤를 따르는 부하들의 표정도 자신들의 리더와 별반 다를 것이 없었다.

그들은 그렇게 유유히 참혹한 살인의 현장을 떠나고 있었다.

* * *

신상현의 목숨을 거둔 신정우는 다시 사무실로 돌아와 있었다.

신정우의 사무실 한편에는 주인을 잃은 신상현의 목이 굴러다니고 있었다.

신정우를 통해 더 큰 힘을 가지기 위해서.

그리고 자신은 다른 멍청한 뱀파이어들과는 다르다고 생각하며 싸워왔던 신상현의 최후는 허무했다.

뱀파이어로서의 능력을 각성하고 분명 특별하다 싶을 정도의 강력한 힘을 가졌던 것은 사실이지만.

숙주가 죽는 순간, 그 모든 성취가 불과 몇 초 만에 모래성처럼 무너졌다.

신정우를 마주쳤을 때.

신상현은 자신에게 일어난 변화가 전투 능력의 상실까지 이어졌을 것이라는 생각은 하지 못했다.

뱀파이어로서의 흡혈 및 전파 능력을 잃기는 했어도, 자신이 갈고 닦은 육체적인 능력이 사라질 줄은 몰랐던 것이다.

결과는 참담했다.

신상현은 신정우의 첫 공격도 제대로 막아내지 못하고 비명횡사했다.

옆에서 신상현과 함께 있던 계영철과 송희창의 운명도 다를 것이 없어서, 어 하는 사이에 둘 다 숨통이 끊어진 시체 신세가 되어버렸다.

눈 깜짝할 사이에 리더와 그의 심복 둘이 목숨을 잃자 나머지들은 자연스럽게 신정우에게 충성을 맹세했다.

신상현을 따르긴 했어도, 절대적인 충성심과 끈끈한 우정으로 맺어진 관계는 아니었던 것이다.

자신들의 성향은 사실 원래부터 신정우나 김도원과 비슷했다… 라는 생각으로 저마다 결정을 합리화시키고.

그의 조직은 자연스럽게 신정우의 인도 아래 김도원에게로 편입되었다.

"별로 놀라지 않은 모양이군."

"제게는 달리 감흥이 없는 존재입니다. 사실 김성희 님의 죽음도 결국 이 뱀파이어들이 연관되어서 벌어진 일이 아닙니까. 차라리 잘된 일입니다."

신정우가 눈도 채 감지 못하고 숨을 거둔 신상현의 머리를 축구공 차듯 발로 툭툭 차며 옆에 있던 거구의 사내에게 말을 걸었다.

정철.

그의 이름이었다.

김성희를 현성에게서 구해냈으나, 그녀가 백치(白痴)가 되는 것을 막을 수 없었던 그 남자였다.

이번 일로 인해 옆에서 부리던 뱀파이어 이민호, 이민우 형제와 신상현, 그리고 송희창과 계영철을 모두 처리할 수밖에 없는 상황이 되면서.

단신(單身)으로 활동하던 정철을 부르게 된 것이다.

그는 김도원 일행들과 달리 블랙 네트워크가 벌이고 있는 대외적인 일에는 관여하지 않고 있었다.

조용히 자신에게 주어진 능력을 숨기고 신정우의 휘하에 있었다.

이제는 정철이 필요해졌고 신정우는 그를 불렀다.

김성희의 옆에서 보디가드 역할을 했듯이 이제는 정철이 자신을 보좌하게 될 터였다.

"이제 피차 서로에게 붙었던 뱀파이어들은 다 털어내게 됐군. 이유는 여전히 모르겠지만 말이야."

"그렇습니다."

"귀찮은 것들을 처리해야 앞으로가 수월한데… 놈의 손발을 잘라내려면 그 일곱 명 단위로 붙어 다니는 연놈들을 가장 먼저 손을 보는 게 좋겠지. 나머지 놈들은 워낙에 신출귀몰하거나, 내빼는 데에는 도가 튼 놈들이니."

일곱 명 단위로 붙어 다니는 연놈들, 바로 7남매를 말하는 것이었다.

뒤에 언급된 사람들은 박 신부와 리나를 이야기하는 것이었다.

이미 그들에 대한 정보는 모두 가지고 있었다.

다만 정면 승부를 하지 않았을 뿐이다.

안양에서 벌어졌던 교전이 첫 전면전이었다.

당시 신정우는 현성을, 현성은 신정우를 상대하느라 정신이 없었기 때문에.

각자 서로가 아닌 다른 인물들에 대해서는 정확하게는 알지 못했다.

하지만 전투 이후에 보고를 통해 박 신부와 리나, 7남매에 대한 사실을 알게 된 신정우는 가장 눈엣가시로 7남매를 꼽고 있었다.

특히 더욱 그래야만 하는 이유가 있었다.

7남매가 바로 스승 적혈마선의 대적자, 청혈미선의 제자들이었기 때문이다.

“관련된 자료들이 좀 더 있습니다. 갖다드릴까요.”

“안주 삼아 보기엔 나쁘지 않을 것 같군. 가져와 봐.”

“알겠습니다.”

정철이 묵직한 몸을 이끌고 사무실 밖으로 나섰다.

말수가 적지만 힘은 장사인 그였다.

앞으로 정철의 쓰임새가 있을 것이다.

언제든 우직하게 자신을 위해 목숨을 바칠 각오가 되어 있는 그.

100명의 뱀파이어보다 훨씬 더 효용 가치가 큰 부하였다.

*　　*　　*

"……."

"끝나 버렸는데."

"하… 이게 어떻게 된 거죠?"

그로부터 얼마 후.

현성과 리나, 홍광태와 조원석은 김영권의 아지트에 도착해 현장을 보고 있었다.

이미 모든 상황이 종료되어 있었다.

입구에서부터 시작된 피의 향연은 아지트 전체에 흥건하게 퍼지고 있었다.

역한 피 냄새가 코를 파고들었다.

여기 있는 네 사람이 이런 살육의 현장에 둔감한 사람들이 아니었다면, 진작 냄새만 맡고도 토악질을 했을 정도로 역겨운 광경이었다.

"신정우가 정리한 거야."

현성이 확신하듯 말했다.

다른 사람을 생각할 이유가 없었다.

본인이 직접 오지 않았다면, 수하의 그 미친놈들을 보냈을 것이다.

참혹한 살인 사건을 일으켰던 그놈들.

"후아… 처참하기 그지없네요."

홍광태가 시선을 몇 번이고 돌리며 말했다.

흩뿌려진 피들은 시작에 불과했다.

좀 더 깊숙하게 안으로 들어서니, 슬슬 몸에서 분리된 신체의 일부들이 여기저기 굴러다니고 있었다.

발, 팔, 눈알… 심지어는 머리까지.

전쟁터의 광경도 이것보다 참혹하진 않을 것 같았다.

"토끼 사냥이 끝났으니, 필요 없어진 개를 삶아 먹은 거죠. 어차피 처단해야 할 녀석들이었지만… 새삼 놈의 잔인함을 또다시 느끼게 되는 군요."

현성이 아지트 내부를 천천히 돌며, 혹시나 남아 있을지 모르는 이들의 흔적을 살폈다.

하지만 목숨의 끈조차 붙잡고 있는 자들이 없었다.

심장, 목, 정수리, 뒤통수에 크고 작은 상처들을 모두 달고 있는 시체들은 숨이 붙어 있을 가능성 그 자체를 부정하는 모습이었다.

"이제 어떻게 할 거야?"

"어떻게 하긴. 돌아가야지."

리나의 물음에 현성이 차분히 답했다.

생각지도 않은 전개였지만 원했던 결과는 어찌 되었든 나왔다.

신정우는 역시 용의주도했다.

꼬리를 잘라 버린 신정우는 그렇게 다시 자신의 모습을 어둠 속으로 숨겼다.

"이제는 푹 쉬실 수 있겠네요."

"그러게 말입니다. 하지만 뱀파이어들만 사라진 것 아닙니까. 여전히 신정우와 나머지들은 살아 있으니까요."

"그건 저희들의 몫입니다. 이제 평범한 삶으로 돌아가십시오. 그리고 예련 씨도 잘 챙겨주시구요."

"그렇죠. 예련이가 있었군요. 하하하, 정신이 없다보니 예련이를 잊어버렸을 줄이야."

홍광태가 멋쩍은 듯이 머리를 긁적였다.

조원석은 그 옆에서 리나와 담배를 태우고 있었다.

장대비는 여전히 그칠 줄을 몰랐다.

밤새 계속될 모양이었다.

"커튼도 확 젖혀두고 주무시구요. 이젠 잊어버리세요. 어둠 그 건너편에 있는 세계의 이야기들을."

"제가 도울 것은 없겠습니까?"

"도움이 필요하면 먼저 연락드리겠습니다. 지금은 지금 이

순간의 행복을 즐기시길…….”

“감사합니다!”

홍광태가 현성의 손을 꼭 붙잡았다.

그의 두 눈에서는 어느새 뜨거운 눈물이 하염없이 흐르고 있었다.

지루한 악몽이 끝났다.

원치도 않았던 뱀파이어의 삶.

오늘의 밤이 뱀파이어로서 살았던 마지막 밤이 되길, 홍광태는 간절히 소망했다.

비슷한 시각.

어둠 속에 모습을 숨기고 뱀파이어로서 고통스럽게 살아가던 사람들은 기뻐하고 있었다.

가족과 친구를 떠나 산속으로 숨어들고, 하루하루를 두려움에 떨었던 그들은.

다시 찾아온 자유에 감격했다.

이유는 알지 못했지만, 자신들이 해방되었다는 사실은 느낄 수 있었다.

그날 이후.

뱀파이어에 관련된 소식들은 서서히 자취를 감췄다.

간간히 전해지는 소식들은 과거의 이야기일 뿐, 그날 이후로 뱀파이어로 인한 피해로 추정되는 사람들은 더 이상 나타나지 않았다.

서울과 각 지방 일대에 음성적으로 존재하던 소규모 파밍 시스템도 모두 사라졌다.

일상을 되찾은 뱀파이어 중에는 다른 이들을 뱀파이어로 만든 자들도 있었지만.

모두가 평범한 삶으로 되돌아온 만큼.

그 문제가 심하게 불거져 나오지는 않았다.

모든 것이 평화로워진 듯했다.

그날 이후.

며칠간 아무런 일도 일어나지 않았다.

마치 약속이라도 한 것처럼.

백야도, 블랙 네트워크도 조용했다.

심상치 않은 적막의 연속.

그 어느 누구도 지금의 적막을 평화라고 생각하지 않았다.

더 큰 폭풍이 불어 닥치기 전.

바로 폭풍전야(暴風前夜)일 뿐.

모두가 그렇게 생각했다.

6장

의도된 전략

그날 이후.

충장로, 신촌, 안양 학살 사건과 같은 큰 사건은 벌어지지 않았다.

한때 거의 패닉 상태에 빠져 제구실을 하지 못했던 경찰들도 제대로 움직이기 시작했고, 특히 학살 사건이 벌어진 현장에 대규모 치안 병력이 투입되면서 상황이 달라졌다.

음모론과 종북론 등으로 대립하던 정치권도 이능력자들이 날뛰는 것을 막기 위해 필요에 따라서는 별도로 편성된 군 전력을 쓸 수 있게 해야 한다는 특별법을 통과시켰다.

신정우를 비롯한 그의 수하들이 모두 특별한 능력을 가진 자들이긴 했어도, 불사는 아니었다.

뱀파이어들이 전부 사라지면서 자연스럽게 시선이 자신들에게로 고정이 되자, 신정우는 우회적인 방법으로 사람들에게 공포를 주기로 했다.

방법은 간단했다.

공개적으로 하던 살인들을 비공개적으로 바꾼 것뿐이다.

은밀하게, 소리 소문 없이, 아무도 모르게.

신정우와 부하들은 각각 별도로 움직였다.

두 명 단위로도 움직이지 않았다.

단신(單身).

그들은 홀로 다니며, 살인을 저질렀다.

부녀자들을 강간하고 목숨을 취했으며, 평범한 남자들은 죽이고 돈을 빼앗고 목숨을 거뒀다.

덕분에 굵직굵직한 일은 없었어도, 매일 살인 사건 보도가 끊이질 않았다.

그나마 사람들에게 다행인 것은 정부의 결정을 통해 군경이 유기적으로 움직이게 되면서 신정우와 김도원이 만들어낸 광기에 편승해 범죄 행각을 벌이려던 범죄자들이 줄어들었다는 점이었다.

문제는 여전히 건재한 신정우의 블랙 네트워크였다.

한때 선풍적인 인기의 중심에 있었던 블랙 네트워크는 이제 반사회적인 성향을 가진 '정상적이지 못한' 사람들의 소굴이 되었지만, 그래도 영향력은 여전했다.

그들은 백야를 조롱했다.

블랙 네트워크가 매일 전하는 수많은 살인 사건을 백야가 막지 못하고 있었기 때문이다.

하지만 그것은 어쩔 수 없는 일이었다.

어둠을 벗삼아 비겁하게 평범한 사람들의 목숨을 노리는 그들을 쫓는 것은 쉽지 않았으니까.

"이거야 원, 재미가 없군요. 손바닥이 맞아야 박수 소리가 나는데, 한쪽은 공기보다도 못한 놈들이니."

신정우의 사무실.

김도원이 양손에 들고 있는 회칼을 좌우로 흔들거리며 말했다.

이번에 시험 삼아 가져다가 써봤는데, 또 다른 쾌감이 있었던 것이다.

사람의 살점을 회처럼 떠낸다는 느낌이 어떤 건지도 이 회칼이 확실하게 가르쳐 주었다. 즐거웠다.

"놈들의 반응이 제대로 못 따라오는 것 같지 않나?"

"예, 맞습니다. 워낙에 여러 군데에서 신경을 쓰이게 만드니까요. 닭 쫓던 개 지붕이나 열심히 쳐다보는 거죠, 끌끌끌! 약이 엄청 오를 겁니다."

김도원이 웃음을 터뜨렸다.

몇 차례 교전할 뻔했던 적이 있었긴 했다.

우연이었는지, 정말 죽어라 뒤를 밟았는지는 몰라도.

7남매 일원들과 맞닥뜨렸던 적이 있었던 것이다.

하지만 김도원과 그의 부하들 입장에선 굳이 그들과 교전을 치를 필요가 없었다.

오히려 몇 명의 일반인들을 인질 삼아 가지고 놀다가, 인질을 죽여 버리고 도주했다.

놈들은 아마 자신 때문에 죄 없는 사람이 죽었다고 생각할 터다.

약이 올라도 엄청 오를 터.

생각하면 할수록 김도원은 고소하다 여기고 있었다.

그래서 더더욱 지금의 이런 놀이 아닌 놀이 같은 상황이 흥미로웠다.

"이제 놈들의 시선이 충분히 분산될 때가 됐다. 그렇다면 각개격파를 노리는 것도 나쁘지 않겠군. 훌륭한 방패 역할을 하던 그 연놈들만 없어져도, 상대하기에 수월할 테니 말이야."

"어떻게 할까요?"

김도원이 물었다.

그는 충실하게 신정우의 명령을 따랐다.

물론 속으로는 신상현처럼 다른 생각을 하고 있지만 내색하지는 않았다.

특히 신상현이 신정우에게 제거된 이후에는 더욱 몸을 사렸다.

신정우의 시야 밖에서는 그야말로 미친놈이었지만, 그의 앞에서는 명령에 복종하는 충실한 부하이자 동생일 뿐이었다. 발톱은 철저하게 숨겼다.

"메인은 그놈과 신부, 그리고 옆에 붙어 있는 여자지. 이 녀석들과 전면전을 벌일 필요는 없다. 타깃은 그 남매들로 한다. 소란을 일으키면 어쩔 수 없이 모습을 드러낼 수밖에 없어. 한곳에 전부 다 몰려올 수는 없을 거다. 분명히 분산되겠지. 우리는 분산된 조각을 노린다. 그거면 충분하지."

"게릴라입니까?"

"굳이 비유한다면."

신정우가 고개를 끄덕였다.

마음 같아서는 현성과 한바탕 다시 싸워보고 싶은 생각도 있었다.

놈이 죽으면 모든 것이 끝난다고 생각했기 때문이다.

하지만 쉽게 끝날 것 같지도 않았다.

녀석과 싸우는 것도 신정우 자신이 살아남아야 의미가 있는 것이지, 동귀어진하는 것으로는 의미가 없었다.

스승 적혈마선은 말했다.

현성의 존재로 인해 더 이상 시공의 힘을 뛰어넘어 자신의 힘을 전해 줄 존재를 만들어낼 수가 없다고.

그 말의 뜻이 무엇인가 하면, 현성이 사라지면 자신이 생각하는 만큼의 시공의 균열이 더 생겨나게 되고.

이를 통해 신정우의 옆을 보조해 줄 또 다른 능력자를 만들어주겠다는 것이다.

적혈마선은 자르만이나 일리시아처럼 차원에 대한 연구를 해온 것은 아니지만, 그의 술법을 구현 가능한지 아닌지를 통해 차원과의 연결점을 점검할 수 있었던 것이다.

현성이 먼저였는지 신정우가 먼저였는지는 본인들도 잘 알지 못했다.

하지만 확실한 것은 현성이 마법적인 능력을 얻던 그 시점에 뱀파이어를 위시한 수많은 특별한 존재들이 기하급수적으로 불어나기 시작했고, 지금까지 유지되어 오고 있다는 것이었다.

그리고 뱀파이어들이 사라졌고.

이제 나머지가 남은 것이다.

"차라리 화끈하게 한판 붙는 것도 나쁘지 않을 듯한데, 형님의 생각은 다르십니까?”

김도원이 묻는다.

신정우가 현성과의 직접적인 교전을 피하는 듯한 모습을 보이자 궁금해진 것이다.

“이미 놈의 능력을 한 번 봤으니까. 서서히 옥죄어 죽이는 것이 훨씬 효과적이다. 전면전을 한다면 저쪽도 죽어나가겠지만, 그만큼 우리도 죽어나가게 되지. 굳이 전력을 손실할 필요는 없다. 충분히 저놈들의 힘만 뺄 방법이 있는데 말이다.”

“하긴 그렇습니다. 제가 생각이 짧았습니다, 형님.”

김도원이 바로 수긍하며 고개를 끄덕였다.

살인의 재미도 살아 있어야 느낄 수 있는 행복이다.

죽어서 귀신이 되면, 아무런 의미가 없잖은가?

김도원은 진심으로 신정우의 멀리 본 안목에 깊은 탄복을 했다.

정작 신정우 본인은 생각했던 대로 이야기한 것이지만.

“그럼 어떻게 할까요?”

“요즘 그 남매들과 자주 마주쳤다고 했지?”

“예, 그렇습니다. 포인트를 잡고 멀지 않게 움직였으니, 놈들도 바보가 아닌 이상 예상했을 겁니다. 물론 낯짝이나 볼 생각으로 그렇게 한 것입니다만.”

"오래 머물면 머물수록 그들과의 접점이 더 많아지겠지. 그렇지 않나?"

"예, 그렇습니다."

"이번에는 놈들이 나타날 때까지 화끈하게 놀아보지. 굳이 정면 승부할 필요는 없다. 선택과 집중을 통해서 눈먼 놈부터 하나씩 잡는 거다."

"좋습니다, 클클."

김도원이 만족스런 표정으로 고개를 끄덕였다.

사람을 죽이는 것도 재미지만, 역시 가장 큰 재미는 자신들을 충분히 대적할 만한 힘을 가진 녀석들을 고통스럽게 죽이는 일이었다.

힘없는 개미를 밟아 죽이는 것보다야 반항하는 맹수를 잡는 게 더 성취감이 크지 않겠는가?

김도원의 생각은 매우 단순했다.

그래서 더 무서운 놈이기도 했다.

"저도 가겠습니다."

정철이 나섰다.

정철이 육중한 몸을 일으키자, 옆에 있던 김도원이 움찔했다.

얼핏 봐도 2미터는 족히 넘어가는 키.

정철이 싸우는 것을 직접 본 적은 없지만 신정우로부터 이야기를 들어 알고 있었다.
김도원도 싸움에서 둘째가라면 서럽지만, 그래도 무적은 아니었다.
정철은 15층 높이에서 뛰어내렸음에도 불구하고 몸에 생채기 하나 안 났던 그런 놈이었다.
거구의 몸이라 순발력이 좋지는 않지만, 그야말로 걸어 다니는 방패나 다름이 없었다.
김도원도 정철을 상대로는 이길 수 있을 거란 확신을 쉽게 가질 수 없었다.
"아니, 이번 일에는 적합하지 않아. 우리가 원하는 건 전면전이 아니니까. 네 힘이 필요할 때는 따로 있을 거다."
"괜찮겠습니까?"
"물론."
정철의 말에 신정우가 고개를 끄덕였다.
"그럼 슬슬 출발하지. 마침 밤이군."
신정우가 커튼 밖으로 보이는 창밖의 광경을 보며 중얼거렸다.
쏴아아아아.
아침부터 내린 비는 하루 종일 퍼붓고 있었다.
일주일 전, 뱀파이어들을 모두 제거했던 그날 밤과 같은 날씨.

일주일 내내 우중충한 날씨만 계속됐고, 그 와중에 산발적으로 비가 내리다 오늘에 이르러 다시 호우(豪雨)가 내리고 있었던 것이다.

어두운 밤.

그리고 비바람이 부는 날씨는 많은 것을 외부로부터 숨겨준다.

더 은밀하게, 더 날카롭게 움직이기에 더할 나위 없이 좋은 날인 것이다.

"얼마나 나누면 좋겠습니까?"

"2인 1조로 하지. 어차피 놈들의 수는 다 합쳐도 열 명이야. 우리 숫자를 절대 따라올 수 없다."

"예."

이미 몇 차례의 일로 약이 오를 대로 오른 7남매였다.

이제 꼬리를 보여줬으니, 앞뒤 재지 않고 보이는 꼬리부터 열심히 붙잡을 터.

신정우와 김도원은 자신들의 힘, 그리고 현성을 믿고 자신 있게 굴던 남매들에게 최후를 선사할 생각이었다.

*　　*　　*

한편 현성은 휴식을 취하고 있었다.

숙주와의 전투를 성공적으로 마친 이후.

별문제 없을 것이라 생각했던 현성은 일전에 신정우와의 전투에서 입었던 상처에서 시작된 고통에 며칠을 끙끙 앓고 있었다.

현성 본인은 전혀 느끼지 못했지만, 숙주와의 전투 도중에 부상을 입었던 모양이었다.

언제쯤인지 짐작이 가진 않았지만, 어렴풋이 숙주의 몸에서 공격을 퍼부었을 때쯤.

그쯤에서 상처를 입었을 것이라 생각했다.

숙주의 몸에서 빠져나오자마자 아슬아슬하게 쉴드 일부가 깨져 나갔었기 때문이다.

한데 그때 입었던 상처가 예전에 신정우와 전투에서 입은 상처의 부위와 겹친 것 같았다.

생각보다 통증이 심했던 탓에 계속해서 자체 힐링과 블랙힐을 이용해 치료를 반복하고 있었다.

워낙에 현성이 무리했던 전투이기도 했다.

다른 부분에서의 문제가 아니라, 숙주와의 전투에서 엄청난 두께의 쉴드 상태를 유지하기 위해 아낌없이 마나를 퍼부었던 것이 화근이었다.

일반적으로 쉴드는 누군가로부터 공격을 받을 때, 일시적으로 공격을 막아내기 위해 잠깐 펼치는 것이 대부분이다.

그럴 경우에는 순간적으로 많은 양의 마나가 소모되긴 하지만, 이후 빠르게 회복되는 것이다.

하지만 당시 숙주와의 전투에서 현성은 이 마나를 잡아먹는 괴물과도 같은 쉴드를 계속해서 유지했다.

그 바람에 정말 자동차로 말하자면 기름이 바닥을 보일 정도까지 끌어내어 쓰다가, 막판에 리나와의 협공으로 아슬아슬하게 승리를 거둔 것이다.

거의 1시간 이상을 마나 활용을 100% 상태로 유지하며 단 한순간도 쉬지 않았으니 육체적, 정신적으로 상당한 과부하가 걸린 것은 당연한 일이었다.

거기에 상처의 통증까지 재발한 탓에 현성은 깊은 휴식을 취하고 있었다.

다행인 것은 치료 자체는 거의 끝났다는 것이었다.

단, 전투의 피로를 풀고 블랙 힐을 통한 자가 치유 과정에서 상당한 휴식을 필요로 했기 때문에, 현성은 숙면에 빠져 있었다.

*　　*　　*

치이이익. 치이이익.

후우우욱. 후우우욱.

마치 거울을 보는 것처럼 마주본 두 남녀가 담배를 태우고 있었다.

박 신부와 리나였다.

현성이 혹여 깊은 잠을 자는데 방해가 될까 싶어 집 밖으로 나와 있었던 것이다.

"맞담배라, 기분이 묘하네요."

"담배가 참 맛있더라구요."

"그 몸의 주인되는 분에게 미안하지 않겠어요?"

"에이, 그만큼 해준 운동이 얼마인데. 이 몸, 처음에는 100m 달리기도 제대로 못할 몸이었어요. 이제는 완전 온몸이 근육이 됐는데. 아마 원래 주인이 다시 돌아오면 엄청 좋아하겠지. 이렇게 몸매가 좋을 수가 없는데."

리나가 자신의 몸 여기저기를 어루만졌다.

처음에는 정말 마르기만 해서 볼품없던 몸이었다.

리나가 볼 때 그나마 쓸 만했던 것이 얼굴이었다.

얼굴은 참 예뻤다.

하지만 그게 전부였다.

체력은 저질이었고, 근력은 형편없어서 무거운 물건도 제대로 못 들었다.

게다가 얼마나 술을 퍼마셨는지, 숨겨진 뱃살이 장난이 아니었다.

보정 속옷으로 여기저기 군살들을 퍼뜨려 놓았던 덕분에 그나마 봐줄 만했겠거니 싶었다.

하지만 리나가 이 몸을 움직이게 된 이후 많은 것이 바뀌었다.

리나는 숙주와 그의 하수인을 추적하는 동안에도 시간이 날 때마다 몸을 계속해서 굴렸다.

잠자는 시간과 움직이는 시간을 빼면 항상 운동을 하고, 또 했다.

처음에는 알이 배기는 것부터 시작해서 온몸에 멍이 든 것처럼 아팠지만 시간이 흐르자 괜찮아졌다.

그리고 지금은 정말 여자 운동선수의 매끄러운 몸이라 해도 될 정도로 균형 잡힌 몸이 되어 있었다.

담배도 원래 김연희라는 여자가 늘 피우던 것이었다.

가방 안에 몇 갑이나 있었기 때문이다.

어차피 피우던 것을 이어서 피워주는 것뿐이라 생각하니 미안함은 없었다.

"현성 씨의 수면이 꽤 길어지는 군요. 그 동안 제대로 잠을 잔 적이 거의 없으니……."

박 신부가 더욱 깊게 담배를 태웠다.

현성을 보면 항상 마음이 안쓰러웠다.

이번 전투에서도 궂은일을 마다하지 않고 싸웠던 현성이

었다.

숙주와의 전투는 매우 위험했을 것이다.

그의 능력 일부를 전해 받은 하수인들의 실력만 봐도 알 수 있었던 것이다.

하지만 현성은 힘든 내색, 아픈 내색 한 번 하지 않고 숙주와 싸웠고, 또 숙주의 힘을 물려받은 하수인들과 싸웠다.

현성이 없었더라면.

정말 상상조차 하고 싶지 않은 가정이었다.

"저 오빠가 없어도 우리끼리 움직일 수 있지 않아야 하지 않겠어요? 원래는 더 빨리 회복을 할 수도 있었는데 그놈들이 분탕질을 치는 바람에……."

그놈들.

바로 신정우의 부하들을 일컫는 말이었다.

요 며칠 계속 여기저기서 산발적으로 나타난 놈들 때문에 제대로 휴식을 취하지 못했던 현성이었다.

현성은 텔레포트의 신속한 활용이 불가능한 것을 아쉬워했다.

그나마 단거리일 경우에는 1—2분 정도의 준비 시간만 있어도 이동이 가능했지만, 그것도 놈들의 재빠른 움직임을 생각하면 느린 시간이었다.

블링크도 한계가 있었다.

신체적인 능력에서 향상되어 있는 그들은 건물과 건물 사이의 어느 정도 되는 거리는 쉽게 타고 넘어 다녔다.

뿐만 아니라 어둠을 무기 삼아 빠르게 모습을 감췄고, 불리해질 때면 죄 없는 일반인들을 인질 삼아 시간을 끌다가 재빨리 내뺐다.

이런 식이라 현성도 꽤 고전을 했다.

그 와중에 몸 컨디션이 좋지 않으니 더 여의치 않았던 것이다.

물론 몇 놈을 죽이기도 했지만, 그것은 성과라 하기엔 부족했다.

“안 그래도 현성 씨의 힘에만 의존하는 것이 위험하다 생각하여 몇 가지 준비한 것들이 있긴 합니다.”

치이이익. 후욱.

박 신부가 담배 한 대를 연이어 태웠다.

생각이 많은 표정이었다.

“나도 하나 더 필래요.”

“골초군요.”

“남 얘기할 처지는 아닌 거 같은데요.”

리나도 질세라 박 신부의 담배 한 가치를 받아 바로 입에 물었다.

다시 두 사람의 담배 연기가 추적추적 내리는 빗줄기를 타고 허공에서 사라졌다.

"곧 제 동료들이 올 겁니다."

"신부 아저씨와 수백 년을 살아왔다는 그 친구분들이요……?"

리나도 알고 있었다.

박 신부에게 이야기를 들었었기 때문이다.

현성과 박 신부, 리나는 각자에게 비밀이 없었다.

세 사람 모두 일반 사람은 생각할 수조차 없는 전혀 다른 삶을 살고 있었기 때문이다.

현성은 2000년대를 살고 있는 마법사였고.

박 신부는 수백 년을 살아온 사람이었다.

그리고 리나는 다른 세계에서 영혼만 넘어와 잠시 이곳에 머물고 있는 사람이었다.

그 어느 누구 하나 상식으로 이해할 수 있는 사람이 없었던 것이다.

서로의 특별함에 서로가 동질감을 느꼈고, 그래서 나눈 이야기들은 대부분이 비밀스러운 것들이었다.

그렇기에 더 가까워졌다.

처음에는 서로 어색해했던 리나와 박 신부도 이제는 사이좋은 남매처럼 즐겁게 대화와 농담을 주고받는 관계가 되어 있었다.

"맞아요. 뱀파이어들이 시선을 상당히 흐트려 놓았던 탓에 적의 실체를 완벽하게 볼 수 없었지만 이제는 단순해졌죠. 블랙 네트워크, 그러니까 신정우와 그의 추종자들만 제거하면 됩니다. 지방 여기저기에 홀로 움직이는 능력자들이 있지만 블랙 네트워크에 비하면 애교 수준이죠. 타깃은 하나입니다."

"친구분들의 능력은 어떤가요?"

"저와는 좀 다릅니다. 몸을 쓰는 녀석들이죠. 그 녀석들과 달리 제가 많이 약한 편이라 이렇게 은사나 은탄, 은침을 이용해서 약아빠진 전투를 치르지만요."

"그분들은요?"

"저는 이 생활을 수백 년간 해왔는데도 겨우 몸 하나 건사할 정도지만, 녀석들은 상상을 초월하지요. 다만 저도 그 녀석들을 직접 본 것은 꽤 됐으니, 그 사이에 더 강해졌을 지도 모르겠군요."

"에이, 거짓말. 신부님이 가장 센 거 아니에요?"

"아쉽게도 제가 가장 약하답니다. 냉정하게 말하면 리나 양보다도 약할지도 몰라요. 저는 결국 인간의 육신을 한, 말 그대로 사람입니다."

"저도 인간이에요."

"몸 안의 힘이 다르지 않습니까? 엄밀히 말하자면 현성 씨에 비슷하다고 봐야지요. 하하하."

박 신부가 미소를 지어 보였다.

박 신부가 동료들과 연락이 닿은 것은 이틀 전의 일이었다.

그들도 뱀파이어의 전멸에 대한 소식을 알게 된 것이다.

그럴 수밖에 없었다.

뱀파이어 조직 내에 잠입해 있던 그들의 연락책이 자신의 변화에 대해 알렸으니까.

뱀파이어의 소멸은 뱀파이어 집단을 추적하고 그들에 대한 정보를 수집하는 것을 목표로 했던 동료들의 방향성을 잃게 만들었다.

지루한 영생.

그 일상을 채워주었던 뱀파이어가 사라지면서 무엇을 좇아가야 할지 갈피를 잃어버린 것이다.

박 신부는 동료들에게 어렵지 않은, 하나밖에 남지 않은 선택지를 던져 주었다.

뱀파이어를 제외하고 남아 있는 이 사회의 악(惡), 바로 블랙 네트워크였다.

그들은 문명과 사람들의 세상으로 나오길 꺼려하는 친구들이었지만 무료함은 더더욱 싫어했다.

그렇다고 해서 스스로 목숨을 끊는 바보 같고 무가치한 짓은 더 하기 싫어하는 친구들이었다.

그래서 박 신부와 함께하기로 했던 것이다.

블랙 네트워크에 소속된, 여전히 건재한 능력자들은 동료들에게 동기를 부여하기에 충분한 미끼들이었다.

박 신부 입장에선 함께할 동료가 늘어난다는 사실이 그 무엇보다도 기쁠 수밖에 없었다.

음지(陰地)에 숨어 있던 녀석들이 나온다고 생각하자, 괜히 가슴까지 두근거렸다.

오랜 벗을 죽마고우(竹馬故友)라고 한다면, 이제 곧 만나게 될 그들이 바로 죽마고우였다.

"비가 엄청 내리네요. 저는 이런 날씨가 좋아요. 왠지 비를 맞고 있으면 세상에 나 혼자가 된 것 같은 느낌이 들거든요. 누구의 시선도 신경 쓰지 않을 수 있고……."

"어둠이 내 친구가 된 것 같은 느낌이죠. 빗소리는 날 외롭게 만들면서, 역설적으로 외롭지 않다는 생각을 들게 만들어 주죠."

"오! 맞아요, 어떻게 그렇게 잘 알아요?"

"빗소리를 수백 년을 듣다보면 해볼 수 있는 모든 감상(感想)에 잠기게 되죠. 이 정도쯤은, 후후."

박 신부의 웃음에서는 인생의 깊은 무언가가 묻어났다.

리나 역시 혼령(魂靈)으로 살아온 삶까지 모두 포함한다면 오랜 세월을 살아왔다.

하지만 박 신부와는 달랐다.

박 신부는 육신을 가진 채 시간의 흐름을 온전히 느껴가며 살아왔고.

리나는 쉬고 싶을 때는 가벼운 영혼의 상태로 수십 년이고 수백 년이고 쉬었다.

그리고 로키스가 부를 때에야 비로소 잠에서 깨어나 활동했을 뿐이다.

눈빛 하나만으로도 인생의 무상함을 표현할 수 있는 사람이 얼마나 있을까.

리나는 자신의 눈앞에 있는 박 신부만이 유일한 사람일 것이라 생각했다.

지이이이잉.

바로 그때.

박 신부의 핸드폰이 울렸다.

박 신부는 마침 리나도 옆에 있는 만큼 같이 듣고 싶었는지, 스피커폰 상태로 통화를 연결했다.

"여보세요?"

—신부님, 놈들이 나타났습니다.

"어디에 나타났죠?"

—사흘 전의 그곳입니다.

"수는?"

—꽤 됩니다. 바로 이동하겠습니다. 이번에는 작정하고 움직이는 것 같습니다. 더 많은 피해자가 생기기 전에 먼저 가겠습니다!

"잠깐!"

뚜— 뚜— 뚜—

박 신부가 말을 잇기 전에 통화가 끊어졌다.

계속되는 놈들의 도발로 7남매는 다들 바짝 약이 올라 있었다.

성과는 없는데 이미 희생자의 수만 100명을 육박하고 있었다.

그것도 충분히 자신들이 구할 수 있었음에도 아쉽게 놓쳐 희생된 사람들이 대부분이었다.

그러다 보니 놈들의 심리전에 휘말리고 있는 것 같다는 생각을 하면서도, 끌려다는 상황을 답답해하며 점점 독기가 올라 있었다.

"음."

박 신부가 문 쪽을 바라보았다.

현성을 깨워야 할까.

수가 꽤 된다고 하니 마음이 편치 않았다.

하지만 이 상태로 현성을 깨워 전장으로 갔다가, 지난 몇 번의 전투처럼 제대로 된 성과도 없이 돌아오게 되면.

결국 또 현성은 회복을 위해 며칠의 시간을 버려야 했다.

그나마 지금 집중 치료를 진행한 덕분에 하루 정도의 휴식이면 원기를 회복할 상황까지 와 있는데.

다시 전투를 치르게 되면, 여기서 하루 이틀이 더 추가되는 것이다.

"쉬게 두는 게 좋을 것 같아요. 이번에도 비슷하지 않을까요. 애초에 우리랑 맞상대할 생각 자체를 가지고 있지 않은 녀석들인데."

리나가 말했다.

박 신부의 생각도 비슷했다.

간을 보는 느낌이랄까.

짚어보면 저놈들의 수장, 그러니까 신정우도 공개적으로 모습을 드러내지 않았었다.

휘하의 수하들만 움직이는 탐색전이라면, 굳이 이쪽도 현성이 나서서 힘을 뺄 필요가 없었다.

일반인들의 희생이 안타까운 일이긴 하지만, 박 신부는 어쩔 수 없는 희생이라 생각했다.

큰 그림을 봐야 했다.

많은 사람들은 그 존재조차 모르고 있겠지만 현성은 신정우를 위시한 그 패거리들의 악행을 완벽하게 차단할 수 있는 유일한 인물이었다.

현성의 신변에 문제가 생기면, 모든 것이 허사다.

박 신부는 '의존' 이라는 비아냥을 듣는다 할지라도, 현성에게 많은 것을 기대하고 있는 자신의 모습을 부끄러워하지 않았다.

그는 희망이었으니까.

"시간대가 맞으면 녀석들도 합류를 하면 괜찮을 것 같군요. 움직이죠, 리나 양. 현성 씨는 좀 더 휴식을 취하도록 편히 놔두고요."

"그래요. 우리끼리 못할 것 없잖아요?"

리나가 고개를 끄덕였다.

판단은 빠르게 이루어졌다.

달리 준비할 것도 없는 두 사람은 그 상태로 현성의 집 밖으로 나와, 세단을 타고 빠르게 현장으로 향하기 시작했다.

7장

희생(犧牲)

"커헉? 커헉……."

우르르릉! 콰앙!

천둥 번개가 내리치는 가운데.

좁은 골목길에서 김도원의 수하 중 하나가 왼쪽 가슴에 뻥 뚫린 구멍을 보며 서서히 앞으로 고꾸라지고 있었다.

"쥐새끼 같은 놈들. 드디어 잡았어, 드디어! 이 개새끼! 이젠 못 도망갈걸?"

김민희가 소리쳤다.

이 날을 얼마나 고대해 왔던가.

7남매 중 다섯째인 그녀는 기공술을 이용해, 단번에 일격을 가할 수 있는 엄청난 힘을 가지고 있었다.

물론 그 다음의 공격까지 딜레이가 있었기 때문에, 주로 일대일 전투를 담당했다.

김민희는 예상했던 포인트에서 나타난 능력자들 중 대열을 이탈한 놈을 집요하게 쫓았다.

신이 났는지 그놈은 빗속을 가르며 한참을 이리저리 뛰어다니고 있었다.

그러다가 김민희의 추적에 걸려들었고, 그녀가 가한 일격에 손도 쓰지 못하고 숨이 끊어진 것이다.

멍청한 놈이었다.

독기가 잔뜩 오른 그녀의 두 눈에서는 건드리기만 해도 터질 것 같은 분노가 어려 있었다.

그녀의 모습은 지금 7남매 모두의 감정을 단적으로 보여주는 것이기도 했다.

"후우."

김민희가 뜨거운 한숨을 내쉬었다.

뒤를 돌아보니 생각보다 먼 거리를 쫓아온 것 같았다.

다른 남매들이 기다리고 있을 것이다.

돌아가야 했다.

쏴아아아아.

내리는 빗줄기가 심상치 않았다.

오늘은 정말 작정하고 비가 쏟아지는 느낌이었다.

덕분에 시계(視界)가 좁았는데 조심할 필요가 있겠구나 싶었다.

휘이이이이!

바로 그때.

머리 위에서 바람을 가르는 듯한 소리가 들려왔다.

빗소리에 가려져 있어 기척이 거의 없었지만, 김민희였기에 들을 수 있었던 소리이기도 했다.

하지만 이미 그 소리가 들렸을 때는 상황을 만들어낸 장본인이 자신의 머리 위로 정확하게 낙하하고 있었다.

"안녕, 아가씨?"

김도원이었다.

"…젠장."

김민희가 입술을 질끈 깨물었다.

김도원을 모를 리 없었다.

신정우의 오른팔.

현재 상황만 놓고 봤을 때는 블랙 네트워크의 2인자를 만난 셈이었다.

언제부터 지켜보고 있었던 걸까?

설마 방금 전, 동료 하나가 죽어나가고 있음에도 그저 지켜보기만 했던 것일까?

푸욱!

"크윽!"

이런저런 생각들이 교차하는 가운데, 김도원이 위에서 떨어지며 내려친 단도가 그대로 왼쪽 어깨를 내리찍었다.

"선물로 줄게, 클클클. 아가씨가 예쁘게 생겨서 주는 선물이거든."

"아윽……."

김민희가 왼쪽 어깨를 움켜쥐며 비틀거렸다.

깊숙하게 꽂혀 버린 단도는 꺼낼 생각조차 할 수 없게 깊숙하게 들어가 있었다.

이미 왼팔은 쓸 수 없는 팔이 되어버렸다.

"솜씨 좋더라? 어우, 여기 그냥 구멍이 뻥! 하고 뚫릴 줄은 몰랐어. 그런 기술은 내가 가지고 있지를 않거든. 나도 배울 수 있었으면 좋았을 텐데, 나는 독학을 해서 말이야. 이 짓밖에는 못해."

휘릭! 휘릭! 휘리리릭!

김도원이 품속에서 단도 두 개를 꺼내서는 양옆으로 흔들어보였다.

그가 입고 있는 가죽점퍼 속에는 손에 들고 있는 것 말고도 몇 개의 단도가 더 들어 있을 것 같았다.

"너희들은 전부 죽어 없어져야만 해……."

김민희가 고통을 속으로 삼켜내며 말했다.

좋지 않은 상황이었다.

이래서는 도망가기도 수월하지 않았다.

길은 좁았고 왼팔은 쓰기에 상태가 나빴다.

빠져나가려면 놈에게 뒤를 보여야 하는데, 그래서는 움직이는 표적 이상이 될 수 없었다.

"물론 죽어 없어질 몸들이긴 하지. 어차피 나도 나이가 들면 죽을 거 아냐? 그럼 죽어 없어지겠지. 근데 지금은 아냐. 재미 볼 일들이 많거든."

첨벙.

김도원이 한 발짝 앞으로 나섰다.

김민희의 몸이 움찔거렸다.

"방금 전까지 너는 내 동생 하나의 숨통을 땄다는 쾌감에 빠져 있었을 거야. 아주 환호성을 내지르더군! 그 고운 입으로 개새끼라는 욕도 하고 말이야! 하지만 이제 상황이 바뀌었어, 아가씨. 이젠 내가 네년의 숨통을 딸 차례고, 네년의 머리 위에 욕지거리를 할 시간이야. 시간이 좀 더 남으면 다른 짓을 할 수도 있을 거고 말이야."

김도원이 사타구니 쪽을 어루만지며 킬킬댔다.

"죽으면 죽었지 너 같은 놈에게 내 몸을……."

김민희가 인상을 잔뜩 찌푸렸다.

생각만 해도 끔찍했다.

김민희는 속으로 생각을 가다듬었다.

시간을 조금만 더 끌면 일격을 가할 수 있을 것 같았다.

지금 끌어내는 내력으로는 정말 급소를 직격하지 않는 이상, 의미 없는 공격이 될 터.

아주 조금만.

30초? 20초?

아니 15초 정도만 시간을 벌 수 있어도 충분히 녀석에게 한 방 먹이거나, 아니면 어떻게든 도망칠 시간을 벌 수 있을 느낌이었다.

"시간 재지 마, 이년아! 네가 무슨 수작을 부리는지는 이미 알고 있으니까!"

첨벙! 첨벙! 첨벙!

하지만 하늘은 김민희의 편이 아니었다.

그녀의 속내를 간파한 김도원이 이미 달려들고 있었던 것이다.

순식간에 지면을 박차고, 포물선을 그리며 날아드는 김도원의 모습이 보였다.

이렇게 되면 방법이 없었다.

파앗!

김민희가 오른손을 뻗었다.

정면에서 달려드는 김도원을 공격하기 위해서였다.

"내가 바보냐?"

후웅!

김도원의 얼굴을 노리고 발출한 내력은 허무하게 허공을 갈랐다.

김도원은 기민했다.

김민희가 자신의 어떤 부분을 노렸는지 바로 파악했고, 몸을 틀어 피한 것이다.

쉬이익, 푹!

"꺄아아악!"

"누가 보면 어깨에 뽕 넣었는 줄 알겠어? 사이좋게 양쪽에 다 박았는데? 크큭! 크크크큭! 어때, 재밌지?"

"아아악!"

김도원이 김민희의 양어깨에 수직으로 내리꽂힌 단도를 보며 킬킬거렸다.

양팔을 쓸 수 없게 되어버렸다.

팔을 조금만 비틀어 보려고 해도, 뼈가 으스러지고 살점이 타오르는 듯한 극심한 통증이 느껴졌다.

생전 처음 경험해 보는 통증.

김민희의 표정이 창백하게 변하기 시작했다.

"나는 말이야. 비명 소리를 들으면 흥분이 되거든. 정말 미칠 듯이 말이야."

김도원이 허리춤에서 대검을 꺼냈다.

어디서 그렇게 검을 꺼내나 싶을 정도로 김도원은 가지고 있는 단도와 대검이 많았다.

김도원은 연신 입가를 핥으며, 김민희의 몸을 이리저리 살폈다.

"크으윽……."

그녀가 신음을 터뜨렸다.

"아까운 몸이야. 어지간한 남자들 허리 들썩이게 할 만한 그런 몸인데. 아쉽지만 나는 떡치는 거엔 관심이 없어서. 죽기 전에 하고 싶은 말은 없고?"

"엿이나 먹어 새끼야……."

김민희가 악에 받친 목소리로 말했다.

이제 와서 김도원에게 목숨을 구걸할 수도 없었고, 그럴 생각도 없었다.

"그럼 일단 먼저 저승행 특급 열차를 타 보자고!"

푸욱!

"……!"

말이 끝나기가 무섭게 김도원의 대검이 김민희의 왼쪽 복부에 박혔다.

그 상태로 김도원은 웃고 있던 표정 그대로 복부에 박아 넣은 대검을 왼쪽에서 오른쪽으로 천천히 끌어오기 시작했다.

"끄으으으……!"

김민희의 얼굴이 새빨갛게 변했다.

온몸의 핏줄이 곤두서고 있었다.

반쯤 풀린 그녀의 두 눈이 힘겹게 아래쪽의 상처를 응시하고 있었다.

보였다.

김도원이 가르는 복부의 상처를 비집고 나오는 몸 안의 수많은 내장 기관들이.

보고 있는 그 자체만으로도 기괴하여, 차마 눈을 계속 둘 수조차 없는 처참한 광경이었다.

"후우!"

스으으윽!

푸화아아아악!

김도원이 한숨을 내쉬며, 대검을 빼내는 순간.

벌어진 복부의 상처 사이로 창자들과 피가 한데 뒤섞여 쏟아지며, 그녀가 딛고 선 지면이 붉게 물들기 시작했다.

그와 대조적으로 쏟아지는 장대비가 바닥에 흉물스럽게 널브러진 창자들을 하얗게 씻어내고 있었다.

"……."

김민희의 눈이 점점 감기고 있었다.

함께 생사고락을 함께했던 남매들의 얼굴이 주마등처럼 스쳐 지나갔다.

그리고 물심양면으로 자신들을 도와준 현성과 리나, 박 신부의 얼굴까지도.

하지만 이제 그 모든 기억과 경험들이 과거의 단편이 되어 버렸다.

쿠웅!

핏물로 가득해진 지면 위로 김민희가 힘없이 고개를 처박으며 쓰러졌다.

김도원은 말없이 쓰러진 김민희의 시체를 바라보다가 오른발을 들어 그녀의 뒤통수를 꾹꾹 눌러 주었다.

"목이 탈 텐데 물이나 좀 마셔. 고생했어, 아가씨."

푹! 푹!

그리고 그녀의 양어깨에서 단도를 회수했다.

사냥은 끝났지만, 다음 사냥감을 잡기 위해서는 무기가 필요했기에.

* * *

각지에서 교전이 시작됐다.

늘 소극적인 태도로 일관하던 김도원 패거리들이었기에 이번에도 그럴 것이라 여겼던 7남매는 놈들의 거센 공격에 고전하고 있었다.

한 놈의 뒤를 쫓았던 김민희로부터 연락이 없는 것이 이상했지만, 어련히 알아서 잘하고 있을 것이란 생각으로 전투에 임하는 중이었다.

하도 도망치는 놈들을 뒤쫓는 것에 익숙해져 있다 보니, 이제는 어떤 식으로 놈들이 전투를 풀어갈지 예상이 됐다.

그 결과 벌써 네 명의 패거리가 강민의 손에 목숨을 잃은 상태였다.

허공을 날고, 극대화된 신체 능력을 바탕으로 현란하게 움직였지만.

심후한 내력이 담긴 일격에는 놈들도 버텨낼 재간이 없었다.

가장 큰 성과는 김도원의 심복, 정경호의 목숨을 취하는데 성공했다는 점이었다.

그 과정에서 7남매 중 여섯째인 은비가 부상을 입었다.

더 이상 싸울 수 없는 그녀의 상태를 확인한 강민은 전장에서 그녀를 이탈시켰다.

오늘은 놈들도 작정하고 나온 느낌이었다.

7남매 중 남은 전력은 다섯.

김도원의 패거리들도 그 수가 꽤 줄어 있었다.

각각의 구성원들을 따로 꾀어내어 각개격파하려는 놈들의 속셈을 간파한 강민이 허를 찔렀기 때문이었다.

비록 현성처럼 텔레포트나 블링크 같은 순간이동은 불가능했어도, 7남매의 구성원들은 기본적으로 경공을 펼치거나 순간적으로 인체의 한계를 뛰어넘은 힘을 구사할 수 있었다.

그래서 놈들의 유인에 걸려드는 척하면서 오히려 역으로 놈들의 빈틈을 노렸고, 되려 방심하고 있던 그들이 당했다.

김도원이야 김민희를 따라가서 재미를 봤지만, 그 와중에 다른 부하들은 고전하고 있었던 것이다.

한편 신정우는 전황을 지켜보고 있었다.

처음에는 김도원과 부하들을 이용해 7남매를 우선적으로 처치할 생각이었지만, 생각이 바뀌었다.

닭 잡는데 소 잡는 칼을 쓸 필요가 없다는 생각이었다.

오히려 자신의 모습을 먼저 노출시켜 버리면, 현성에게 자신의 빈틈을 노릴 수 있는 기회를 줄 것 같았던 것이다.

그래서 관망을 하는 중이었지만 어찌 된 일인지 아직까지도 현성은 모습을 드러내지 않고 있었다.

그 말은 즉, 녀석이 다른 꿍꿍가 있거나.

혹은 정말 이 전장에 어떤 이유로 오지 못하게 되었다는 것이다.
신정우는 좀 더 지켜보기로 했다.
아직 그 신부 놈과 여자가 보이지 않았다.
항상 현성과 다니는 녀석들이 없는 만큼.
이들의 등장이 현성의 존재 유무를 판가름해 줄 가능성이 컸다.

*　　*　　*

시간은 그렇게 조금을 더 흘렀다.
박 신부는 7남매와 합류하기 위해 오는 도중에 든든한 지원군을 얻게 되었다.
동료들이 합류한 것이다.
총 4명.
박 신부와 리나를 합치면 총 6명이었다.
"벌써부터 피 냄새가 진동을 하는 것 같군요, 형님."
"그놈의 십자가는 아직도 들고 다닙니까?"
"오랜만입니다, 형님."
"한바탕하기 좋은 날이네요."
저마다 박 신부를 보며 인사를 건넸다.
타이밍이 잘 맞은 덕분에 지원군의 수가 불어났다.

박 신부는 5분 전, 강민으로부터 연락을 받았다.

은비가 부상을 입긴 했지만, 초전에서 놈들의 허를 찌른 덕분에 꽤 많은 놈들의 목숨을 취할 수 있었다는 것이었다.

다만 양쪽 모두 주변의 시선을 의식한 탓인지, 전투를 치르면서 도심에서 멀어지게 되었고.

지금은 호우로 인해 인적이 뚝 끊긴 야산 근처에서 교전 중이라는 연락이었다.

"오늘은 작정하고 나온 것 같은 느낌인데요?"

리나가 말했다.

녀석들이 이렇게 한 곳에 길게 머물러 있었던 적은 처음이었다.

내뺐어도 진작 내뺐어야 할 놈들이 아직도 남아 있다니.

퍼엉! 퍼엉!

"무조건 쏴대기만 한다고 능사가 아니지!"

푸샥!

"크아아악!"

"민철아!"

김도원이 합류하면서 전황은 다시 바뀌었다.

7남매의 거센 저항에 우왕좌왕하던 김도원의 부하들이 조직적으로 반격을 시작했고, 7남매의 두 번째 희생자가 결국 나오고야 말았다.

전민철, 둘째였다.

"멍청한 새끼들아! 머리가 몇 개인데 이놈들한테 쩔쩔매고 있어! 그냥 죽여!"

"와아아아아앗!"

김도원의 고함 소리에 다시 그의 부하들이 달리기 시작했다.

역시 대장은 대장이었다.

김도원이 나타나자마자 정면의 부하들에게 시선을 빼앗기고 있던 전민철이 죽었다.

7남매가 구사하는 기공술이 단번에 목숨을 빼앗을 정도로 강한 것은 사실이었지만, 결국 그들도 인간이었다.

남은 것은 넷.

둘은 죽었고, 하나는 부상으로 전장을 이탈했다.

김도원은 7남매의 오만함이 결국 자신들의 무덤을 판 것이라 생각했다.

이놈들만 전부 제거해도 현성의 손발, 아니 손 정도는 잘라낸 형국이 될 것이다.

놈들은 만용을 부렸고, 이제 죽음이 코앞이었다.

"안 되겠다. 모두 빠지자!"

그때, 강민이 소리쳤다.

눈앞에서 아끼던 동생을 잃었지만, 냉정하게 상황을 판단한 모양이었다.

말이 끝나기가 무섭게 남은 넷은 부상으로 물러나 있던 은비를 붙잡아서는 좁은 길목을 따라 도망치기 시작했다.

밥상을 다 차려놨는데 이제 와서 다 된 밥에 코를 빠뜨릴 수는 없다.

"쫓아! 여기서 끝을 내! 지긋지긋한 새끼들을!"

김도원이 외쳤다.

그러자 누가 먼저랄 것도 없이 앞을 다투어 7남매의 뒤를 쫓기 시작했다.

*　　*　　*

"조금만 더."

박 신부가 숨을 죽이고 있었다.

박 신부의 동료와 리나도 골목길 한편에서 기척을 숨긴 채, 강민 일행이 오기를 기다렸다.

약속된 작전이었다.

그 사이에 미처 김도원의 공격을 막아내지 못한 민철이 희생되긴 했지만, 그 슬픔은 나중에 가서 나눠야 할 일이었다.

오늘 전투에 임하게 되기 전.

강민은 박 신부와 다양한 이야기를 나눴었다.

오늘과 같은 상황이 발생했을 때.

박 신부가 뒤늦게 합류하게 되거나 다른 곳에서 합류하게 되면 어떻게 움직일지를.

최대한 좁은 곳으로, 그리고 어두운 곳으로 적들을 깊숙하게 유인한다.

날씨는 비가 오는 날이면 더욱 좋다.

적들의 기세가 올랐을 때 빠지면서 이성적인 판단을 하기 힘들도록 유도하고, 놈들을 은사로 교묘하게 만든 함정 지대로 데려오는 것이다.

맑은 날이면 때때로 달빛이나 가로등 불빛 따위에 은사가 비쳐 보이는 경우가 종종 있지만.

오늘처럼 장대비가 내리는 날에는 달랐다.

기본적으로 시계가 짧아지게 되고, 특정 위치를 지속적으로 응시하는 것이 불가능하기 때문에 성공률이 더욱 높아지게 되는 것이다.

아니나 다를까, 기세가 오른 김도원 패거리는 신이 나서는 강민의 뒤를 쫓고 있었다.

“조금만 더.”

박 신부가 움찔거리는 리나의 몸을 잡았다.

미리 기척을 들켜 버리면 함정의 의미가 없어진다.

최대한 많은 놈들의 목숨을 취해야 초전부터 기선을 확실하게 제압할 수 있는 것이다.

"하아. 하아. 하아."

거친 숨소리가 들렸다.

그리고 골목 한편에서 박 신부 일행의 기척을 느낀 강민의 눈빛이 변했다.

보이지는 않았지만, 그 특유의 느껴지는 기의 흐름으로 강민은 눈치챌 수 있었다.

박 신부가 늘어뜨린 은사를 단번에 당길 준비를 했다.

강민 일행이 지나가고 나면, 바로 은사를 당기게 될 것이고.

그렇게 되면 길목 여기저기에 늘어뜨려져 있는 은사가 팽팽해지면서, 놈들에게 크고 작은 상처를 줄 수 있을 것이다.

"죽여! 죽여 버렷!"

"하아. 하아."

숨소리가 더욱 격해지고.

뒤를 쫓는 놈들의 목소리도 더욱 커졌다.

첨벙! 첨벙!

이윽고 강민과 일행이 그 위를 지났다.

강민은 바로 옆에 박 신부가 숨어 있다는 것을 알았지만, 시선은 조금도 돌리지 않았다.

다른 남매들도 마찬가지였다.

시선을 돌리는 것만으로도 저놈들은 경계할 것이다.

그리고.

"하아아앗!"

그중 기세가 가장 오른 놈이 기합을 내지르며, 최전선에서 가장 먼저 은사 위를 지나갔다.

한 놈은 보낸다.

박 신부의 계획이었다.

그리고 연이어 다른 녀석들의 행렬이 위로 도착하려는 그 순간!

"당겨!"

박 신부가 소리쳤다.

그러자 뒤에 있던 박 신부의 동료들이 일제히 은사를 고정시켜 둔 장치를 쭉 끌어당겼다.

패앵! 패애애애앵!

그러자 지면에 고인 물속에 모습을 숨기고 있던 은사가 솟아오르며, 순식간에 날카로운 흉기로 변모했다.

사악! 사아아악!

"……!"

"억……!"

여기저기서 피가 튀었다.

작전은 성공이었다.

매섭게 달리던 속도를 줄일 틈도 없이, 그들의 목, 팔, 허리 등이 그대로 은사를 뚫고 지나갔다.

그중에는 은사에 몸이 끼어버린 녀석도 있었고, 워낙에 빠르게 달린 탓에 그대로 목이 잘려 나간 녀석도 있었다.

손이나 발목 따위가 걸린 녀석들은 그 자리에서 신체의 일부를 잃어버렸다.

"가자!"

박 신부가 소리쳤다.

은사의 사용은 한 번이면 족했다.

이미 눈앞에서 동료들이 죽어나간 마당에, 또 걸려들 멍청한 놈은 없어보였으니까.

"야아아아아앗!"

"이 새끼들아, 오늘이 제삿날이다!"

독기를 가득 품은 박 신부의 동료들이 가장 먼저 뛰쳐나갔다.

리나는 뒤에서 동료들이 죽어나간 것도 모른 채 강민의 뒤를 쫓고 있는 눈먼 녀석을 가장 먼저 노렸다.

그 눈먼 녀석이 가장 불쌍한 녀석이 되었다.

뒤에서는 리나가 달려오고 있었고, 앞에서는 방금 전까지 도망치던 강민과 동료들이 방향을 틀어 다시 반격을 시작하고 있었기 때문이다.

"하, 씨벌……."

욕지거리를 내뱉는 '눈먼 녀석'의 얼굴에 후회 가득한 표정이 일었다.

진퇴양난, 싸우는 수밖에 없는 것이다.

파아아아앗!

정면에서 강민이 내력을 발출했다.

다행히 강민의 공격은 피했지만, 그 바람에 시선을 빼앗긴 등 뒤에서 리나의 단검이 날아들었다.

푸욱!

"으억!"

등 한가운데 꽂혀 버린 단검.

순간 온몸에 힘이 쭉 빠져버릴 것 같을 정도로 강력하게 날아온 한 방이었다.

퍼엉! 퍼엉! 퍼엉!

"으컥! 컥! 으커컥!"

연이어 7남매의 공격이 놈의 몸에 연속으로 명중했다.

양옆으로 맹공을 받게 된 놈의 입장에선 견뎌낼 재간이 없었다.

샌드위치 신세가 된 그는 7남매의 공격에 신음을 터뜨리며, 검붉은 피를 토해냈다.

그리고.

"시간이 없으니까!"

푸샥!

"……!"

어느새 바로 뒤까지 붙은 리나가 나머지 한 손에 들고 있던 단검으로 놈의 울대 근처를 매섭게 그어 버렸다.

그러자 상처가 난 부위가 쫙 벌어지며, 그대로 한 움큼의 피를 쏟아내고는 즉사했다.

"강민 씨, 다시 가요! 나머지 분들도!"

"그러죠."

강민이 고개를 끄덕였다.

다시 반격의 기회가 왔다.

이제부터는 정말 사투를 벌일 시간이었다.

어느 한쪽이 완벽하게 전의를 상실할 때까지.

8장

박 신부의 선택

"잔챙이들만 온 건가. 메인이 없다니. 겁이라도 집어먹은 건가?"

미동조차 없던 신정우의 몸이 움직였다.

혹시나 해서 기다렸지만 현성은 나타나지 않았다.

그 대신 박 신부와 리나, 그리고 처음 보는 얼굴의 네 사람이 보였다.

언뜻 보기에도 꽤나 큰 덩치를 가진 그들은 호리호리한 체구의 박 신부와는 다르게 보였다.

이것으로 현성이 없는 것은 확실해졌다.

차라리 잘됐다.

놈의 손발을 잘라낼 좋은 기회였으니까.

"하아아아아……."

신정우가 뜨거운 숨을 토해내며 들고 있던 검을 고쳐 쥐었다.

상단전과 하단전을 따라 내공이 일주(一週)하자, 계속해서 내린 장대비에 떨어지고 있던 체온이 다시 오른다.

그리고 들고 있는 검에도 점점 내력이 담기기 시작하고, 그 끝에서 살기가 피어오른다.

"만만히 봐도 정도가 있지!"

파앗!

신정우의 몸이 허공으로 붕 떠올랐다.

무슨 배짱으로 현성을 대동하지 않고 이곳에 나타난 것일까?

가소롭다 못해 어이가 없었다.

얼마나 만만하게 보였을까 싶었다.

이제 그 오만함의 대가를 녀석들이 치를 차례였다.

"신부님, 저기! 저기에 그놈이 있습니다!"

"위험해요!"

휘리리리릭!

"으읏!"

"히야, 빠른데?"

순식간에 몇 가지 상황이 겹쳐 일어났다.

강민이 가리킨 허공에는 익숙한 사람이 이쪽을 향해 접근하고 있었다.

신정우였다.

강민 역시 처음 보는 눈치인 것을 보면, 전투 내내 어디선가 전황을 지켜보았던 모양이었다.

현성이 나타나길 기다렸던 것일까?

박 신부는 그럴 가능성이 높다고 생각했다.

박 신부가 잠깐 시선을 빼앗긴 사이, 김도원이 단도 하나를 날렸다.

리나의 목소리에 반사적으로 몸을 옆으로 틀지 않았다면, 얼굴 한가운데 그대로 단검이 박혔을 일격이었다.

박 신부와 리나는 김도원을 마크하고 있었다.

7남매, 정확히 말하자면 네 사람은 김도원의 부하들과 뒤엉켜 싸우고 있었고.

박 신부의 동료 넷은 7남매를 보조하며 싸우는 중이었다.

부하들은 7남매보다 오히려 박 신부의 동료들에게 더 고전했다.

육중한 체구를 바탕으로 웬만한 상처는 고통까지 씹어 넘기며 싸우는 괴력의 소유자들이었다.

"제가 저놈을 맡죠!"

철진이 소리쳤다.

박 신부의 동료 넷 중에서 가장 체구가 좋은 녀석이었다.

철진은 방금 전의 교전에서 숨통을 끊어버린 부하 놈이 들고 있던 검을 움켜쥐고는 그대로 신정우에게로 달려들었다.

신정우가 누군지 모르는 것은 아니었다.

이미 박 신부에게 귀가 닳도록 들은 사람이었으니까.

하지만 철진은 자신 있었다.

수백 년간 무술을 연마하며 몸을 갈고 닦아온 자신이었다.

아무리 대단한 놈이라 한들 결국 사람 아니던가?

철진은 자신이 시간을 버는 동안 다른 동료들이 충분히 상황을 정리해 줄 것이라 믿었다.

"간다! 이 빌어먹을 좆같은 새끼!"

걸쭉하고도 시원한 욕과 함께.

철진이 방어 자세를 취했다.

놈이 허공에서 그대로 낙하하고 있으니, 우선 첫 공격을 막아낸 다음에 바로 역으로 빈틈을 노릴 요량이었다.

시이이이잉!

신정우의 검이 울음소리를 냈다.

동시에 예기를 가득 머금은 검날이 종(縱)으로 철진의 머리

위를 노렸다.

쏴아아아악!

"크윽!"

그때, 철진이 예상조차 하지 못했던 일이 벌어졌다.

신정우의 검격에 자신이 들고 있던 검이 반으로 갈라지고 만 것이다.

허망하게 뚫려 버린 검의 방어.

신정우의 매서운 검날이 철진의 검을 토막 내고, 그대로 얼굴 한가운데를 갈랐다.

조금만 머리가 앞에 있었어도, 얼굴이 반토막이 났을 위험한 공격이었다.

"못 보던 얼굴이군."

"잘 왔다, 이 새끼야! 씨발 새끼!"

철진이 다시 한 번 욕지거리를 내뱉으며 신정우의 가슴을 노린 일격을 펼쳤다.

파팟.

"……!"

신정우의 모습이 순간 사라졌다가, 다시 모습을 드러냈다.

위치는 철진의 정면이 아닌 왼쪽이었다.

푸욱!

"으아아아악!"

신정우의 검이 무심하게 철진의 옆구리를 그대로 파고들었다.

그 순간, 철진은 지금껏 한 번도 경험해 본 적이 없는 극통에 비명을 내질렀다.

단순히 검이 꽂힌 것이 아니었다.

마치 그 안에서 수많은 불덩어리가 종횡무진하며 몸 전체를 쑤시는 느낌이었다.

"철진아!"

수하들과 싸우던 박 신부의 동료 중 한 명이 더 합류했다.

이름은 진철.

철진과 성이 같고, 이름만 앞뒤가 달라 종종 형제가 아니냐는 소리를 듣기도 하는 그였다.

"야아아아앗!"

"흐읏!"

진철이 그대로 신정우를 밀쳐냈다.

진철의 계획은 신정우를 어떻게든 붙잡은 뒤, 놈을 구석으로 밀어붙이려 했던 것이었다.

하지만 신정우는 진철과 충돌이 일어나는 순간 빠르게 신형을 뒤로 옮기며 진철의 계획을 무산시켰다.

"크윽, 제기랄……."

철진이 신음을 터뜨렸다.

옆구리의 상처가 생각보다 깊었다.
몸을 못 가눌 정도는 아니지만, 일격에 이 정도 상처를 입은 것이 뼈아팠다.
예상은 했지만 만만한 놈이 아니었다.
"영후, 기열!"
철진의 옆에 있던 진철이 남은 두 명의 동료를 불렀다.
우선순위를 바꾸기로 한 것이다.
굳이 특정하지 않아도, 그들은 느낄 수 있었다.
7남매와 교전을 벌이고 있는 잔챙이들은 언제든 처리할 수 있었다.
벌써 방금 전의 교전에서도 세 놈이 더 죽어나갔던 것이다.
하지만 눈앞의 이놈, 신정우는 달랐다.
하나 혹은 둘이서는 절대 제거할 수 없는 놈이었다.
그래서 머릿수를 더 늘리기로 한 것이다.
"재밌겠군."
신정우의 입가에 미소가 흘렀다.
한 놈이든 두 놈이든, 아니면 네 놈이든.
상관없었다.
오히려 공격을 펼칠 수 있는 다양성만 더 높아질 뿐이다.
"야아아아압!"
진철이 일갈하며 신정우를 향해 달려들었다.

잠시 숨을 돌린 철진도 이를 악물고는 신정우에게 돌진했다.

진철의 신호를 받은 영후와 기열도 반대쪽으로 신정우의 뒤를 노리며 전속력으로 질주하고 있었다.

아주 잠깐의 시간 동안.

그들은 김도원과 교전을 벌이고 있는 박 신부와 시선을 맞췄다.

무언의 눈빛이 오고 갔다.

잘 부탁한다. 믿는다. 죽지만 말아다오. 내가 곧 도와주마.

굳이 말로 표현하지 않아도 느낄 수 있을 감정들이 오고갔다.

하지만 아쉽게도 그런 박 신부의 바람은 오래가지 못했다.

푸화아아악!

"……."

신정우를 향해 달려들던 네 명의 동생 중, 한 녀석의 안타까운 최후가 펼쳐지고 있었다.

주인 잃은 목이 허공을 날고 있었던 것이다.

부상을 입은 몸을 이끌고 어떻게든 신정우를 쓰러뜨리기 위해 움직였던 철진의 것이었다.

"이, 개새끼야!"

누구의 목소리라 할 것도 없이 동시에 남은 세 사람이 욕을 내뱉었다.

분노에 찬 그들은 신정우를 거세게 몰아붙였다.

각성이란 이런 것일까?

신정우가 계속해서 위치를 바꿔가며 공격을 펼쳤지만, 그들 역시 기민한 반응으로 신정우의 공격을 피해냈다.

"언제까지 두 놈으로 이렇게 빌빌 댈 거야? 죽여보라니까? 못해? 바보들이냐, 너희들? 클클클!"

김도원이 박 신부와 리나를 도발했다.

녀석은 상상 이상으로 빨랐다.

리나가 쉬지 않고 김도원의 빈틈을 노렸지만 김도원은 쉽사리 빈틈을 내주지 않았다.

박 신부의 은사도 접근전에서는 효과가 없었다.

은탄이 장전된 권총은 교전 중에 떨어져 버렸고, 김도원의 뒤쪽으로 날아가 있었다.

몇 번이고 그쪽으로 움직여 보려 했지만, 박 신부의 생각을 간파한 김도원은 그가 움직일 틈을 주지 않았다.

덕분에 무리하게 움직이려던 박 신부가 어깨 쪽에 상처를 입었다.

살짝 베여져 나간 정도였지만 무시할 수 없는 통증이었다.

"뭐 이렇게 잔말이 많아!"

리나가 김도원을 향해 대검을 뻗었다.

접근전, 육탄전을 즐기는 리나와 김도원은 서로 성향이 비슷했다.

일반 사람들이 보면 아찔할 광경이 몇 번이고 벌어졌다.

얼굴 앞에서 날카로운 단검과 대검이 교차하며 불꽃이 튀고, 때때로는 바로 눈앞을 스쳐 지나가듯 검로가 펼쳐질 때도 있었다.

정말 조금만 방심해도 눈을 잃든, 뭐라도 잃기 딱 좋은 상황이었다.

박 신부는 승부수를 던질 필요가 있다고 여겼다.

신정우를 노리기에는 자신이 약했고, 7남매를 돕기에는 리나가 당하지 않을까 걱정됐다.

전황을 살피니, 7남매들은 놈들과 계속 거리를 유지하며 지구전을 펼치고 있었다.

그렇다면 리나에게 힘을 실어주는 게 좋았다.

'철진아…….'

방금 전, 신정우에게 목숨을 잃었던 철진의 모습이 생각났다.

괜히 녀석을 부른 것일까.

아니면 매일 입버릇처럼 지루한 삶이라 투덜거리던 녀석에게 합법적인 탈출구를 마련해 준 셈이 된 것일까.

철진의 죽음이 눈에 밟혔다.

박 신부가 고개를 저으며 철진에 대한 생각을 털어냈다.

녀석의 죽음이 헛되지 않게 하기 위해서라도 약해져선 안 된다.

살아 있기에.

살아 있는 지금에 최선을 다하며, 주어진 사명을 완수해야 하는 것이다.

타타타타탓!

박 신부가 전력 질주하기 시작했다.

김도원을 상대로는 동등한 상황에서 지구전으로 가는 것은 좋지 않았다.

시간이 끌리면 끌릴수록 신정우를 상대하고 있는 동료들이 죽어나가게 될 것이고.

신정우가 자유로이 움직이게 되는 순간, 상황은 급격하게 불리해진다.

그렇기 때문에 철진과 진철, 영후와 기열이 신정우의 손발을 묶기 위해 달려든 것이다.

"어림없어!"

휘리리릭, 푹!

"크윽!"

김도원이 날린 단검이 박 신부의 허벅지에 꽂혔다.

하지만 박 신부는 멈추지 않았다.

여기서 몸을 피하는 시간마저도 아까웠다.

그만큼 시간이 벌어지게 되고, 김도원에게 더 치명적인 빈틈을 노출하게 될 것이다.

"어딜 봐, 이 자식아!"

푸욱!

"크윽!"

그 사이, 시선을 빼앗긴 김도원의 빈틈을 노린 리나의 공격이 성공했다.

김도원의 오른쪽 팔꿈치에 난 상처를 따라 피가 흘러나오기 시작했다.

"젠장!"

박 신부가 뒤도 돌아보지 않는 것에 당황한 탓일까?

김도원은 자신의 생각보다 더 빠르게 권총을 집으러 달려가는 박 신부의 모습에 적잖이 놀란 모습이었다.

바로 앞에 리나가 있었지만, 등 뒤의 적이 더 신경 쓰일 수밖에 없는 상황이었다.

휘리리릭, 푸욱!

"크억!"

김도원이 날린 단검 하나가 박 신부의 왼쪽 등에 꽂혔다.

하지만 박 신부는 멈추지 않았다.

이쯤 되자 김도원의 마음이 더 다급해졌다.

그리고 박 신부를 저지하기 위해 몸을 날리려는 찰나!

꾸욱!

“어딜 가려고?”

리나가 김도원의 허리를 붙잡았다.

푸욱!

동시에 그녀가 들고 있던 대검이 김도원의 복부를 깊숙하게 파고들었다.

“크아아악, 씨발! 이 미친년!”

푸욱! 푸욱! 푸우욱!

“꺄아악! 아악!”

그 와중에도 김도원은 품속에서 단검 하나를 꺼내 자신의 복부에 칼을 쑤셔 넣은 리나의 왼쪽 팔과 손등을 계속해서 내리 찍었다.

눈뜨고는 볼 수 없을 참혹한 광경이었다.

엄청난 통증에 팔을 빼낼 법도 했지만, 리나는 악으로 깡으로 버텨내고 있었다.

여기서 김도원이 움직이게 되면, 완벽하게 뒷모습을 보이며 약점을 드러낸 박 신부가 위험했기 때문이다.

주우우욱—

“끄아아아아아악!”

리나가 대검을 힘껏 잡아당겼다.

푸팍! 팍! 파사사사삭!

"……!"

김도원의 두 눈이 핏빛으로 물들었다.

그 역시 쉴 새 없이 리나의 팔을 내리찍고, 또 찍었다.

하지만 리나는 입을 굳게 다문 채, 터져 나오는 신음까지 삼켜내며 김도원을 붙잡았다.

타악!

그 순간, 김도원의 시선에 권총을 움켜쥔 박 신부의 모습이 보였다.

그가 등을 돌리고, 어느새 자신을 정면으로 노려보았다.

이내 그의 손가락이 움직였다.

"씨발……!"

김도원이 어떻게든 벗어나기 위해 몸을 이리저리 흔들며 리나를 떼어내기 위해 발악했다.

하지만 그녀는 한쪽 팔로 피를 철철 쏟으면서도, 김도원을 붙잡은 두 손을 놓지 않았다.

"놓으라고 이 씨발년아……!"

김도원이 거의 애원하듯 소리쳤다.

리나는 고통을 참아내며, 굵은 눈물을 쏟아내고 있었다.

너무 아팠다.

아파서 미쳐 버릴 것만 같았다.

하지만 여기서 놓으면 이놈은 다시 날뛰기 시작할 것이다.

그리고.

타앙!

"억……!"

총성이 울렸다.

일순간 모든 이들의 시선을 빼앗기에 충분한 한 발이었다.

동시에 온갖 발악을 하며 괴성을 내지르던 김도원의 목소리가 멈췄다.

광기에 찬 눈빛도 허공을 멍하니 응시하는 초점 없는 눈빛으로 변해 버렸다.

"……."

김도원의 이마 한가운데에서 연기가 모락모락 피어오르고 있었다.

끝이었다.

김도원의 기억은 박 신부가 방아쇠를 당기던 그 시간에서 멈춰 버렸다.

세상의 모든 것이 어둠으로 물들었다.

그리고 김도원의 몸은 힘없이 빗물로 가득 찬 웅덩이 속으로 그대로 고꾸라지고 말았다.

"리나 양, 강민 씨를 도와줘요!"

"알았어요!"

박 신부가 두 블록 너머로 보이는 강민 일행을 가리켰다.

더 이상 물러설 공간이 없어지자, 그들 역시 한데 엉켜 혼전을 치르고 있었다.

왼팔에서 쉴 새 없이 피가 흘러내리고 있었지만 그녀는 초인적인 힘으로 고통을 참아냈다.

그리고 열세에 몰려 있는 강민 일행에게 힘을 실어주기 위해 전력으로 질주했다.

그 사이, 박 신부는 신정우와 교전을 치르고 있는 동료들을 도울 요량으로 몸을 일으켰다.

"크윽."

왼쪽 다리와 등이 시큰해져 왔다.

깊숙하게 박힌 단검을 빼낼 엄두가 나지 않았다.

가야 한다.

녀석들은 혼신의 힘을 다해 싸우고 있었다.

하지만 신정우는 상상을 초월하는 자였다.

오래 버티지 못할 것이다.

"하… 그래도 신세를 지는 게 나을 뻔했나."

박 신부가 주머니에서 휴대폰을 꺼내 번호를 눌렀다.

현성의 번호였다.

신정우가 나타난 이상, 이 상태로는 교전이 길어질수록 불리해지는 건 이쪽이었다.

현성의 힘이 필요했다.

이미 돌이킬 수 없는 강을 건너 버린 것 같지만, 그래도 불러야 했다.

*　　*　　*

"…으음, 여… 여보세요?"

—현성 씨, 접니다.

곤한 잠에 빠져 있던 현성을 깨운 것은 스마트폰의 진동 소리였다.

눈을 떠보니 집 안에 아무도 없었다.

완전 깊게 잤구나 싶었다.

박 신부에게 전화가 온 것을 보니 밖에서 바람이라도 쐬고 있는 모양이었다.

"예, 신부님."

—하하하, 미안합니다.

"무슨 일이에요?"

박 신부의 목소리가 심상치 않았다.

빗소리가 거칠게 들린다.

그리고 아주 작게 들리긴 하지만, 비명 소리 같은 것도 배경처럼 들려온다.

—지금 교전 중에 있습니다. 여기에 신정우가 있습니다. 김도원은 제거했습니다. 제거를 했고…….

"뭐라구요? 신부님, 왜 제게 얘기를……!"

현성이 소리쳤다.

아니 다른 것도 아니고 벌써 전투가 벌어지고 있다니.

그런데도 불구하고 자신과 동행하지 않은 것이다.

—현성 씨에게 매번 신세지고 싶지 않았습니다. 한편으론 우리들끼리도 해볼 만하다고 생각을 했고요. 하지만 오늘은 신정우가 직접 나왔습니다. 하하, 그렇게 됐습니다…….

박 신부의 목소리에서는 무언가 중대한 결심을 내린 듯한 비장함이 묻어나고 있었다.

마치 마지막 인사라도 하는 것만 같은 느낌.

현성이 바로 몸을 일으켰다.

여전히 몸 여기저기가 뻐근했지만, 그래도 견딜 만했다.

상처는 거의 회복되었고, 그 주변의 통증 일부와 근육통이 몸을 괴롭히고 있을 뿐이다.

"어딥니까!"

현성이 소리쳤다.

이것저것 재고 있을 시간이 없었다.

—그저께 교전이 있었던 포인트입니다. 왼쪽의 야산으로. 그럼… 가보겠습니다. 시간이 없으니까요.

뚝.

"박 신부님!"

먼저 전화를 끊어본 적 없는 박 신부가 전화를 끊었다.

상황이 급박하다는 뜻이다.

현성의 표정이 일그러졌다.

위치는 어디인지 알고 있었다.

다만 왜 이런 상황을?

무모해도 너무 무모했다.

매번 신세를 지니 미안해서 그랬다는 말로 둘러대기에는 상황이 너무 컸다.

박 신부는 현성에게 있어 소중한 사람이었다.

그뿐만이 아니라 함께하고 있는 7남매들도 모두 소중했다.

한 명이라도 잃고 싶지 않았다.

그런데 벌써 교전이 벌어지고 있다면 분명 누군가는 희생됐을 것이다.

굳이 알려고 하지 않아도 충분히 예상 가능한 일이었다.

지잉! 지이잉! 지잉!

현성이 바로 원거리 텔레포트를 준비했다.

이것저것 잴 시간이 없었다.

자고 일어난 상태라 마나의 흐름을 고르게 만들 시간도 없었지만, 그래도 일단 가야 했다.

“아아아, 빨리! 어서!”

어차피 차를 타고 가도 늦는다.

심지어 날아가도 시간이 훨씬 더 걸릴 터.

그래도 텔레포트가 빨랐다.

제발. 제발. 제발.

현성이 몇 번이고 되뇌었다.

하지만 야속하리만치 텔레포트 마법진의 활성화는 더뎠다.

제발 버텨주기를.

현성이 두 손을 모아 기도했다.

부디 자신이 도착했을 때, 비극과 마주하지 않길 바랐다.

9장
이별

신정우의 검격은 매섭고 날카로웠다.

신정우의 맹공으로 이미 세 사람은 온몸이 만신창이가 되어 있었다.

그를 마주보고 있는 정면, 그러니까 몸의 앞부분은 온통 피투성이였다.

푸우우욱!

“끄윽…….”

그리고.

신정우의 일격이 진철의 왼쪽 가슴을 꿰뚫었다.

퍼어억!

신정우가 귀찮은 듯 진철을 발로 매섭게 차버리자, 진철이 비탈길을 따라 한참을 굴러 떨어져 내려와서는 박 신부의 앞에서 멈췄다.

"진철아!"

"형님……."

"괜찮을 거다, 걱정 마!"

상처는 깊었다.

누가 봐도 이제 곧 숨이 끊어질 그런 상처였다.

"형님… 그거 아시죠, 예전에 철진이 그놈이 자살한다 어쩐다 할 때… 그 새끼, 어디 숨어 있는지 확인하려고 빤스에다가 붙여놨던 거 말입니다……."

"칩, 말이냐?"

"예……."

진철이 고개를 끄덕였다.

박 신부의 기억에 있는 물건이었다.

진철의 말대로 여자친구와 헤어질 때마다 항상 방황하던 철진은 단골 메뉴처럼 자주 연락을 끊고 종적을 감췄었다.

자살하겠다는 유서와 함께 짧게는 몇 주에서 몇 달을 종적을 감췄다가, 어느 날 또 홀연히 나타나서는 새로운 여자친구네 어쩌네 하면서 욕을 바가지로 먹었던 기억이 있었다.

그 뒤로 자살 소동에 노이로제가 걸린 진철은 초소형 칩을 하나 만들었다.

그리고 이것을 철진이 즐겨 입는 팬티 속에 교묘하게 숨겨 놓았다.

이틀에 한 번 꼴로 빨자마자 말려서 바로 입는 속옷이었기 때문이다.

성과는 효과적이었다.

얼마 후, 같은 '짓'을 반복한 철진은 진철이 팬티에 심어놓은 칩 덕분에 위치를 추적당했고.

소동 2시간 만에 종적을 감출 새도 없이 진철에게 귀를 잡혀 다시 거처로 끌려왔다.

바로 그 칩이었다.

워낙에 작고, 티도 잘 나지 않아 유심히 보지 않으면 알아챌 수 없었다.

"그걸……?"

박 신부가 짚이는 구석이 있는 듯, 신정우가 있는 방향을 보았다.

그러자 진철이 힘겹게 고개를 아래위로 끄덕였다.

"신발… 저놈의 왼쪽 신발에다가 심어뒀습니다. 혹시 몰라서 하나 더 넣어뒀어요… 놈은 모르겠지만 혁대(革帶)에도 깊숙하게 박아놨습니다. 그 바람에 이 꼴이 됐네요… 그래도 뭐

잘한 거 아닙니까? 후후후후.”

진철의 눈빛이 풀리고 있었다.

왼쪽 가슴에서의 출혈은 심각했다.

이미 진철도 자신의 운명을 직감한 듯, 박 신부의 손길에 몸을 맡긴 채로 편히 누워 있었다.

“진철아, 조금만 버텨라. 현성 씨가 오면 네게 치유 마법을…….”

“제 몸은 제가 압니다. 형님, 근데 빌어먹을 이 기억력 감퇴 때문에 제가… 추적 장치를 안 챙겨 왔어요… 그거 아마 형님한테 제가 예전에 보낸 거… 있을 겁니다. 그거 켜보시면 어딘지 나와요… 나름 GPS 기능이 되거든요……. 하아. 하아. 하아.”

“진철아!”

그의 눈동자가 점점 하얗게 변해가고 있었다.

힘겹게 몰아쉬고 있는 가쁜 숨결.

박 신부의 눈가에서 굵은 눈물이 뚝뚝 흘러 내렸다.

“남은 두 놈을 도와주십쇼… 쉬운 놈이 아닙디다……. 하아… 하아…….”

툭.

이내 진철의 고개가 힘없이 옆으로 꺾였다.

그리고 다시는 그의 숨소리를 들을 수 없었다.

"……."

깊은 침묵.

박 신부가 축 처진 진철의 몸을 조심스럽게 내려놓았다.

사아아악!

"아아아아악! 이 개… 새… 끼!"

기열이 괴성을 내지르며 신정우에게 달려들고 있었다.

이미 기열의 왼쪽 팔은 주인을 잃은 채, 바닥을 뒹굴고 있었다.

꿈틀거리는 팔.

방금 떨어진 기열의 것이었다.

"하아아앗!"

박 신부가 달리기 시작했다.

남은 동생 둘까지 모두 잃을 수는 없었다.

누군가 죽는다고 하면 자신이 죽는 게 나을 것 같았다.

박 신부는 자책했다.

왜 동생들을 사지로 불러들였을까?

미안했다.

이 죄는 평생을 살아도 씻지 못할 것이고, 죽어서도 씻지 못할 것이라 생각했다.

타앙! 타앙!

티잉! 푸슉!

박 신부의 권총이 불을 뿜었다.

"윽!"

신정우가 신음을 터뜨렸다.

한 발은 막아냈지만, 그 다음 탄환이 신정우의 옆구리를 스치고 지나간 것이다.

"와아아아악!"

영후와 기열이 악에 받친 고함을 내뱉으며, 신정우를 구석으로 몰아넣고 있었다.

덕분에 박 신부의 권총이 상처를 낸 것이었다.

영후와 기열은 이미 전신이 넝마라고 해도 무방할 정도로 온통 피투성이가 되어 있었지만, 초인적인 힘을 발휘해 신정우의 발을 묶고 있었다.

말하지 않아도 느낄 수 있었다.

두 녀석은 자신이 좀 더 녀석에게 방아쇠를 당길 수 있을 만한 여지를 만들어주고 있었다.

녀석들은 신정우를 죽이기 위해서 저렇게 싸우고 있는 것이 아니었다.

이미 모든 부분에서 열세임을 알면서도 '버텨내고' 있었던 것이다.

"이 새끼들이……!"

가장 무서운 적은 죽음을 두려워하지 않는 적이다.

맹공을 신나게 퍼붓던 신정우도 돌아가는 상황이 심상치 않자 표정이 변했다.

박 신부에게 이미 총탄 한 발을 맞은 상황이었기 때문에 더 더욱 그러했다.

푸욱!

"으아아아아아아앗!"

신정우의 검이 기열의 오른쪽 어깨에서 왼쪽 가슴 방향으로 뚫고 내려갔다.

엄청난 고통!

하지만 기열은 물러서지 않고, 악으로 신정우의 오른손을 붙잡았다.

그가 검을 들고 있던 손이었다.

이미 전투 도중에 들고 있던 무기들을 전부 잃어버린 기열에게 남은 것은 그저 몸과 주먹뿐이었다.

와득!

"크아악!"

기열이 아예 신정우의 팔을 물어버렸다.

그가 선택할 수 있는 가장 즉각적인 공격 방식이었다.

양팔은 신정우의 몸을 감싸고 있었기 때문이다.

오른쪽 어깨에서는 피가 분수처럼 쏟아져 나왔다.

기열은 신경 쓰지 않는 것 같았다.

"형님, 그냥 쏘십시오!"

한데 뒤엉켜 있는 탓에 박 신부는 쉽게 방아쇠를 당길 수 없었다.

그러자 영후가 소리쳤다.

당겨야 했다.

여기서 시간을 더 끌리게 되면 그땐 정말로 공격을 할 수 있는 기회마저 사라질지도 모른다.

잠깐의 망설임을 끝내고, 박 신부가 방아쇠를 당겼다.

남은 탄환은 총 세 발.

타앙! 타앙! 타앙!

푸슉! 푸슉! 푸슉!

세 발의 총성과 세 번의 명중음이 동시에 들렸다.

사방으로 피가 비산하고, 한데 뒤엉킨 신정우와 두 동생에게서 동시에 비명이 터져 나왔다.

한 발은 애석하게도 신정우를 감싸고 있던 영후의 왼쪽 팔쪽에 박혀 버렸다.

하지만 두 발은 명중이었다.

한 발은 신정우의 왼쪽 어깨 부근을, 그리고 나머지 한 발은 신정우의 오른쪽 귀를 날려 버렸다.

오른쪽 귀가 있던 자리에서는 붉은 피가 철철 흘러내리고 있었다.

"크아아아아악!"

신정우가 비명을 내질렀다.

"하하하하! 하하하하, 어떠냐, 이 개새끼야! 우우욱!"

"크하하핫! 쿨럭! 쿨럭!"

영후와 기열이 동시에 피를 토해내며, 한편으로는 웃음을 터뜨렸다.

놈에게 한 방 먹인 쾌감이 이토록 좋을 수가 없었다.

이제는 눈조차 제대로 뜨기 힘들 정도로 몸 전체가 엉망진창이 되어 있었지만, 그래도 짜릿했다.

터억! 터억!

"크윽!"

"윽!"

"이 개미 새끼 같은 놈들이……."

신정우가 영후와 기열의 목을 움켜쥐었다.

이미 힘이 빠질 대로 빠진 두 사람은 신정우의 한 손마저도 쳐낼 여력이 없었다.

"안 돼!"

박 신부가 외치는 소리가 들린다.

이미 은탄이 모두 소진된 이 권총은 무용지물이었다.

은사는 놈을 상대로는 무의미했다.

은침이 박힌 활은 이곳에 가져오지 않았으니, 남은 것은 맨

몸뿐이었다.

"하하하하하하!"

"엿이나 먹어라 이 새끼야! 푸하하하하!"

영후와 기열의 웃음소리가 들려온다.

퍼엉! 퍼엉!

"하……."

그리고 박 신부가 두 걸음을 채 내딛기도 전에.

분노에 찬 신정우의 양손의 끝에서 폭발이 일었다.

허공으로 수많은 살점과 뼛조각, 핏물이 튀고.

방금 전까지 큰 웃음을 터뜨리던 두 동생의 머리가 흔적도 남지 않은 채, 고깃덩이가 되어 사방으로 비산하고 있었다.

*　*　*

그 순간.

모든 의식의 끈이 끊어졌던 것 같다.

마치 약에 취하기라도 한 것처럼.

박 신부는 무념무상의 경지 속에서 싸우고 싸우고 또 싸웠다.

몸 여기저기에 수많은 검상이 생겨나고, 얼마인지조차 셀 수 없는 피를 쏟아냈지만.

고통조차 느낄 새 없이 몸을 날렸던 것 같았다.

성과는 있었다.

온몸이 벌집이 되다시피 했지만, 기어이 놈의 복부 한가운데에 단검을 박아 넣었던 것이다.

허벅지에 꽂혀 있었던 김도원의 단검을 가져다 쓴 것이 아주 큰 도움이 됐다.

이미 죽은 놈이지만 자신이 쓴 단검을 이렇게 활용할 줄은 예상조차 못했을 것이다.

"크윽……."

무릎을 꿇은 채, 고개를 푹 숙이고 있는 박 신부의 얼굴에서 끊임없이 피가 흘러내렸다.

여기서 몸을 조금이라도 움직이면, 픽 쓰러져 다시는 일어나지 못할 것 같았다.

그나마 몸 중에서 가장 성한 무릎으로 지탱하고 있는 중이었다.

끊임없이 등 뒤를 세차게 몰아치는 빗줄기가 야속하게 느껴졌다.

앞으로 고꾸라지면 다시는 일어나지 못할 것 같은데.

녀석은 자꾸 뒤에서 자신을 밀쳐내고 있었다.

신정우의 모습이 저 멀리 멀어져가고 있었다.

놈도 꽤 큰 부상을 입었다.

신정우에게 상처를 입히기 위해 날아간 목숨만 벌써 넷이었다.

그리고 박 신부, 자신이 그 숫자 하나를 추가할 것 같은 느낌이었다.

"하……."

뜨거운 숨이 터져 나왔다.

신정우의 공격을 막아낼 수 없었기에 온몸으로 받아내야 했고, 결과는 처참했다.

얼굴, 목, 가슴, 팔, 어깨, 배, 허벅지 할 것 없이 어림짐작으로 봐도 서른 개는 족히 넘을 상처에서 피가 계속해서 쏟아져 내렸다.

팟! 파팟! 팟!

바로 그때.

익숙한 파공음이 들려왔다.

이 소리의 주인공은 보지 않아도 알 수 있다.

현성인 것이다.

"신부님!"

블링크를 이용해 단숨에 달려온 현성이 박 신부를 부축했다.

현성이 양쪽 어깨를 붙잡자, 그제야 겨우 버티고 있던 박 신부의 몸이 축 풀렸다.

현성이 도착한 것은 방금 전이었다.

부상을 입은 신정우는 얼마 남지 않은 수하를 이끌고 도망간 상태였다.

뒤를 추격하려던 현성은 박 신부의 상태를 보고는 마음을 접고 이쪽으로 왔다.

워낙에 박 신부의 상태가 좋아 보이지 않았기 때문이다.

"후아… 날씨가 참 지랄 맞네요, 그렇죠?"

박 신부가 힘겹게 눈을 깜빡이고 있었다.

내리치는 강한 빗줄기 때문에 더욱 눈을 뜨기가 쉽지 않았다.

몇 번을 눈을 감았다 떴다를 반복하던 박 신부는 그것마저도 힘이 부족했는지, 아예 눈을 감아버렸다.

"아니, 도대체 이게 무슨……."

박 신부의 상태는 보기만 해도 처참할 정도였다.

신체의 부위만 어디인지 짐작을 할 정도일 뿐, 나머지는 그야말로 걸레짝이었다.

"힐!"

샤아아아아—

현성이 힐을 시전했다.

어떻게든 상처를 치유해 보기 위해서였다.

마나의 양을 최대한으로 끌어올린 순도 높은 힐링이었다.

"…됐습니다. 소용없어요… 제 몸은… 제가 더 잘 압니다. 괜찮아요……."

"하아……."

박 신부가 고개를 저었다.

이미 치명상을 입었다.

지금까지 살아오면서 죽을 고비를 넘겨본 적이 한두 번이 아니었다.

교통사고도 당해봤었고, 고아원에 침입한 강도의 칼에 찔린 적도 있었다.

하지만 그때는 적어도 확신은 있었다.

죽지는 않겠다는 확신이었다.

하나 이번에는 달랐다.

점점 생명의 불꽃이 꺼져 가고 있었다.

시간차를 두고 떠나간 동생들의 얼굴이 자꾸 눈앞에 아른거린다.

"신부님!"

"신부 아저씨! 아저씨!"

비탈길 아래에서 리나와 강민이 달려오고 있었다.

나머지는 모두 전투에서 입은 부상으로 인해 제대로 걷기조차 힘들었는지, 힘겹게 절뚝거리며 박 신부가 있는 곳으로 어렵게 올라오고 있었다.

"하… 미리 말해야겠군요… 제 고아원에 가면… 제 원장실 왼쪽 서랍 맨 아래쪽에 구형 스마트폰이 하나 있습니다. 전화는 안 되지만 위치 추적은 되는 그런 물건입니다… 어떤 특정한 칩이 송신하는 신호를 잡아주는 스마트폰인데… 제 동생이 신정우의 신발과 혁대에 그 칩을 심어두었습니다. …워낙에 오래된 물건이라 충전도 해야 하고 시간이 좀 걸리긴 하겠지만… 요긴하게 쓸 수 있을 겁니다. 놈이 칩을 따로 제거하지 않았다면, 그 지점에 놈이 있을 겁니다……. 후우. 후우. 하아. 하아."

온 힘을 다해 필요한 말을 토해낸 박 신부가 가쁜 숨을 몰아쉬었다.

"박 신부님!"

현성이 소리를 질렀다.

이건 말도 안 되는 일이었다.

도대체 이런 일이 왜?

믿고 싶지 않았다.

"하하… 미안합니다, 현성 씨. 이거 끝까지 민폐를 끼치고 가게 되네요……."

"가긴 어디를 갑니까! 그런 소리 하지 말고 같이 돌아가야죠!"

"영생은 정말 제게는 과분한 일이었습니다……. 언젠가 뜻

있게 죽고 싶었던 걸지도… 모르죠. 후회는 하지 않습니다. 저와 제 동료들의 죽음은 헛되지 않을 것이라 생각합니다… 신정우도 꽤 깊은 상처를 입었으니까요……."

박 신부의 입가에 미소가 감돌았다.

신정우의 유인 작전으로 시작된 전투였지만.

결과적으로 신정우도 큰 부상을 입고 말았다.

현성이 없음에도 이렇게 치열한 싸움이 될 것이라고는 예상하지 못했을 터다.

신정우는 한 가지를 간과했다.

바로 박 신부와 동료들을 비롯해, 여기 있는 모두가 정말 목숨을 내던질 각오로 싸울 생각을 하고 있었다는 것을.

박 신부의 동료들은 죽음을 두려워하지 않았다.

일반적이라면 당연히 도망치거나 뒤로 물러났어야 할 공격에도 돌진했고, 허를 찔린 신정우에게 회심의 일격을 가할 수 있었다.

그나마 놈은 목숨을 건졌지만.

김도원이나 정경호 같은 놈들은 진작 숨통이 끊어져 불귀의 객이 되었다.

피차 손발이 잘린 형국이 된 것은 현성이나 신정우나 매한가지였다.

아니, 좀 더 유리한 쪽은 현성이었다.

동료들과… 자신의 희생으로 만들어진 최상의 수였다!

"하아, 신부님……."

현성이 하염없이 눈물을 흘렸다.

터져 나오는 눈물을 주체할 수 없었다.

이제는 박 신부가 원망스럽기까지 했다.

도대체 무엇을 위해?

"저를 원망하고 있다는 것은 알지만… 욕해도 후회는 안합니다……. 현성 씨, 이제 마무리를 할 시간이에요. 우린 언젠가… 언젠가 또… 만날 겁니다… 그렇죠, 리나 양?"

"뭐가 또 만난다는 거예요! 신부 아저씨, 연기하지 말고 어서 일어나!"

리나도 눈물을 흘리고 있었다.

그녀의 왼손은 온통 피범벅이었다.

입고 있던 옷을 찢어 대충 지혈만 해둔 상태였지만, 상처가 너무 심해 그녀의 상태도 좋지 않아 보였다.

"이제 다 왔습니다. 거의 다 왔어요……. 거의 다… 거의… 다……."

"박 신부님!"

"신부 아저씨!"

"하… 신부님."

툭.

이내 박 신부의 몸이 힘없이 현성의 손길을 떠나 옆으로 숙여졌다.

두 눈을 감은 채로 힘겹게 말을 이어가던 박 신부의 입술도 더 이상은 움직이지 않았다.

현성과 리나, 강민은 고개를 들지 못했다.

차마 숨이 끊어진 박 신부를 마주 볼 생각이 들지 않았던 것이다.

그가 죽었다고 생각하고 싶지 않았으니까.

발을 절뚝거리며 비탈길을 오르던 7남매의 남은 생존자.

은비와 경수도 더 이상 발걸음을 떼지 않았다.

이미 박 신부가 세상을 떠났다는 것을 동료들의 뒷모습만 봐도 알 수 있었으니까.

"하……."

현성이 박 신부의 얼굴을 어루만졌다.

온통 피투성이였다.

얼마나 고통스러웠을까.

성한 곳 하나 없는 박 신부의 몸을 보니, 더욱 뜨거운 눈물이 쏟아져 나왔다.

바보 같은 사람.

자신을 너무나도 배려한 박 신부의 바보 같은 마음이 원망스러웠다.

다 같이 힘을 합쳐 싸웠더라면 적어도 이런 비극은 벌어지지 않았을 것이다.

설령 자신의 몸 상태가 악화되었을지언정, 소중한 사람들을 이렇게 일순간에 잃는 일은 없었을 터다.

"아아아아아아악!"

현성이 주체할 수 없는 분노에 소리를 질렀다.

이렇게 소리쳐도 이제 저세상으로 떠나간 박 신부를 다시 돌려받을 수는 없다.

"후……."

현성은 한참을 박 신부를 끌어안은 채, 아무 말도 하지 않고 흐느끼기만 했다.

하염없이 쏟아지는 빗줄기가 쉴 새 없이 현성의 등을 내려쳤다.

차갑게 식어가는 박 신부의 몸과는 대조적으로 그의 얼굴에서는 따뜻한 미소가 묻어나오고 있었다.

아무 말도 할 수 없는 그였지만…….

마치 속삭이고 있는 것만 같았다.

힘을 내라고.

언제나 곁에서 함께 지켜주고, 또 도와주겠노라고.

그렇게 슬픈 이별의 밤이 지나가고 있었다.

*　　*　　*

다음 날 아침.

각종 매스컴에서는 야밤의 전투로 발생한 참상을 앞다투어 보고했다.

현장에 출동한 경찰들은 현장에 널브러져 있는 시신 중에서 익숙한 얼굴을 여럿 확인했다.

충장로, 합정, 안양 학살 사건 당시.

CCTV 화면을 통해 확보했던 살인자들의 모습이었다.

특히 얼굴이 꽤나 많이 알려진 김도원이나 정경호 같은 경우에는 일부 과격한 언론 보도사에서는 모자이크 처리도 하지 않은 사진을 그대로 공개했을 정도였다.

대부분의 사람들은 이 사건의 핵심으로 백야를 지목했다.

능력자로 불리는 이 사람들을 단죄할 수 있는 단체는 백야밖에 없었기 때문이다.

참혹한 현장.

시신 중에 어느 하나도 원형이 제대로 보존되어 있는 것이 없었다.

목이 없어진 시체도 있었고, 팔다리가 잘린 경우는 부지기수였다.

온몸 여기저기에 구멍이 뻥뻥 뚫려 있거나, 예리한 칼에 베여 창자고 뭐고 할 것 없이 오장육부를 다 쏟아낸 것들도 있었다.

"현성아……."

언제부터인가 연락이 끊겨 버린 현성.

상화는 아침의 보도 뉴스를 보며, 혹시나 저 시신의 행렬에 현성이 있지 않길 바랐다.

그런 생각을 한 것은 같은 방송을 본 정유미나 차예련, 홍광태 모두 마찬가지였다.

그런 탓일까.

아침부터 현성의 핸드폰으로 전화가 빗발쳤다.

하지만 그 어느 누구도 현성과 연결되지 못했다.

깊은 슬픔, 그리고 분노에 잠긴 현성의 시간은 잠시 멈춰 있었던 것이다.

10장 재정비

이틀의 시간이 지났다.

박 신부와 7남매의 일원 셋이 한 줌의 가루가 되어, 영원히 이별했다.

7남매 중에서 남은 것은 강민과 은비, 경수와 윤철이었다.

그중에 윤철은 중상(重傷)인 상태로 병원에 입원해 있었고, 은비와 경수도 전투에서 입은 부상으로 인해 정상적으로 내력을 운용하기 어려웠다.

그나마 유일하게 강민만이 부상을 깊게 입지 않은 탓에 어느 정도 운신이 가능했다.

리나는 현성의 집중적인 치료를 받았다.

불행인지 다행인지 왼손의 상처를 빼면 리나도 괜찮은 편이었다.

단, 왼손의 상처가 너무 깊었다.

현성의 블랙 힐, 힐링 마법을 통해 어느 정도 상처가 치유됐지만 제대로 왼손을 쓰려면 몇 주는 족히 있어야 될 것 같았다.

현성은 상황을 수습하자마자 바로 박 신부의 고아원으로 가서 추적 장치를 찾았다.

그의 말대로 추적 장치가 있었다.

구형의 스마트폰.

작동시키니 외형과는 달리 추적 프로그램이 작동되도록 설계되어 있는 추적 장치였다.

하지만 여기서 문제가 발생했다.

추적 장치의 문제인지, 아니면 신정우에게 심어놨다는 칩의 문제인지.

신호가 있으나 제대로 수신되지 않는다는 표시만 계속 반복해서 뜰 뿐이었다.

당장에라도 신정우의 위치를 알아내 끝을 보고 싶었지만 이래서는 방법이 없었다.

아무리 몸이 달아 있다고 한들, 방법이 없으면 소용없는 법.

현성은 우선 추적 장치가 제 기능을 할 때까지 기다리는 한편, 블랙 네트워크의 움직임도 주시하기로 했다.

그리고 박 신부가 남긴 유산, 고아원의 아이들을 돌보기 위해 필요한 도움을 받기로 했다.

리나와 7남매, 아니 이제는 4남매가 된 그들에게는 충분한 휴식을 취할 수 있도록 자신의 집을 내어주었다.

혼자 살던 집이긴 했지만 여럿이 머물기에 전혀 부족함이 없는 넓은 집이었다.

"얼마나 걱정했는지 알아요? 사람이 왜 그리 연락을 안 받아요?"

"미안해요. 일이 좀 많았어요. 그러고 보니 유미 씨한테 그 이야기를 안 했네요."

"무슨 얘기요?"

"이제 뱀파이어들은 사라졌어요."

"아, 그거! 나 알고 있었어요. 내가 예전에 얘기했었잖아요. 아는 사람 중에 밤에만 나오고 낮에는 불러내도 코빼기도 안 보이던 사람들 있었다고. 그 사람들이 직접 말하더라구요. 이제 더 이상 뱀파이어가 아니라고."

"그렇게 됐어요."

"그렇게 됐어요… 가 아니라, 잘된 것 아니에요? 표정이 정말 안 좋아 보여요, 현성 씨."

"소주나 한 잔 따라줘요."

"흐음… 그래요."

쪼르르르.

현성의 술잔에 소주가 채워졌다.

최근 언론에서는 뱀파이어에 대한 이야기를 중점적으로 다루고 있었다.

각지에서 뱀파이어 '였던' 사람들의 제보와 신고가 빗발쳤기 때문이다.

자신은 뱀파이어였다.

하지만 이제는 평범한 인간으로 살아갈 수 있게 되었다.

뱀파이어로서 어떻게 살아왔는지 그 고난의 과정을 알려주마.

몇몇 눈치 빠른 사람들은 자신이 뱀파이어였던 전력을 좋은 홍밋거리로 생각했고, 언론과 방송 매체에서는 이 떡밥을 덥썩덥썩 물었다.

덕분에 어떤 방송을 틀어도 죄다 뱀파이어 이야기였다.

현성은 신경 쓰지 않았다.

차라리 저런 일들이 생긴다 하더라도 뱀파이어는 없는 것이 있는 것보다 나았다.

이제 언제 어디서 누군가에게 흡혈당하고 뱀파이어가 될

지 모른다는 걱정은 하지 않아도 되었으니까.

"이틀 전의 그 사건… 현성 씨의 일이죠?"

끄덕끄덕.

현성이 대답 대신 조용히 고개만 끄덕였다.

정유미의 말에 잠시나마 잊고 있었던 박 신부의 얼굴이 생각났다.

지금이라도 전화를 하면 받아줄 것만 같다.

박 신부는 교적조차 없는 자칭 '사이비 신부' 였지만, 그래도 신앙생활에 충실했던 사람이었다.

그는 늘 입버릇처럼 말하곤 했었다.

때가 되면 언젠가는 하느님이 자신을 데려가실 거라고.

그리고 그날이 오면, 후회 없이 하느님에게 이 몸을 맡길 것이라고 말이다.

정말 그의 말대로 되었다.

박 신부는 자신이 가장 빛나는 활약을 할 수 있었던 날에, 그렇게 하늘로 떠났다.

지금도 생각하면 가슴이 울컥해 오는 일이다.

꿀꺽—

단숨에 비운 뜨거운 소주 한 모금 속에 현성은 박 신부에 대한 기억을 애써 털어냈다.

슬퍼만 해서는 아무런 답도 나오지 않는다.

박 신부도 무너지는 자신의 모습을 바라지는 않았을 터다.

"맞아요."

현성이 흘러내리는 소주 한 방울을 닦아내며 말했다.

정유미는 현성의 표정에서 그의 심경에 큰 변화를 줄 만한 좋지 않은 일이 있었음을 직감할 수 있었다.

"내가 도와줄 일은 없을까요? 부담가지지 않고 말해봐요. 현성 씨 혼자만 힘든 일하지 말구요. 이제 나, 집으로 돌아갈 거예요. 뱀파이어들도 사라졌고, 적어도 자다가 뱀파이어가 될 일은 없으니까. 옛집이 그립기도 하구요. 여기 생활도 점점 질리긴 하더라구요."

"유미 씨."

"음?"

"그럼 한 가지만 부탁할게요. 들어줄 수 있어요?"

현성이 운을 뗐다.

지금으로서는 고아원의 아이를 봐줄 수 있는 사람은 정유미나 차예련 정도밖에 없었다.

지금은 연락조차 자연스럽게 끊겨 버린 수연이 생각나긴 했지만, 이젠 잊어야 할 과거의 인연이었다.

여전히 자신은 위험한 상황에 놓여 있었고, 애써 수연을 위험한 자리로 끌어들이고 싶진 않았다.

"얼마든지요. 내가 빈말로 꺼낸 얘기가 아니에요. 정말 도와주고 싶어서 얘기한 거지."

"그럼 내가 남은 일을 마무리 할 때까지만……."

현성이 차분하게 말을 처음부터 시작해 나갔다.

동료 박 신부에 대한 이야기.

그리고 그가 운영해 왔던 고아원에 대한 이야기.

박 신부가 살아온 삶.

그에 대해 현성이 알고 있는 모든 것을 정유미에게 털어놓았다.

이야기를 들을 때마다 정유미는 박 신부가 살아온 삶에 놀라워하면서도, 든든한 아버지를 잃고 상처받았을 아이들이 걱정돼 눈시울을 붉히기도 했다.

그렇게 한참을 현성으로부터 얘기를 듣고 난 정유미는 현성의 말이 끝나자마자 망설임 없이 고개를 끄덕였다.

"알겠어요. 아이들이 얼마나 날 좋아해 줄지는 모르겠지만… 제가 돌보고 있을게요. 어차피 당분간은 프리랜서니까. 출근을 따로 할 필요도 없구요, 호호호."

"미안해요, 유미 씨."

"아니에요. 생명의 은인한테 이 정도 보답은 보답도 아니죠. 아직 내가 갚아야 할 것들이 많아요. 부담 가지지 말아요, 현성 씨."

정유미가 현성의 손을 꼭 붙잡았다.

호감이나 사랑의 감정에서 나온 행동이 아닌 사람 대 사람으로서, 외로운 싸움을 계속하고 있는 현성에 대한 마음이 담긴 행동이었다.

"유미 씨."

"네?"

"오늘이 마지막 만남이 되더라도, 유미 씨에 대한 좋은 기억 잊지 않을게요."

"그런 말도 안 되는 소리 하지 말고, 모든 것이 다 정상으로 돌아오고, 현성 씨도 돌아왔으면 좋겠어요. 다른 바람은 없어요. 그리고 이상한 소리도 하지 말아요."

"…알았어요."

정유미가 보는 현성의 눈빛에서는 왠지 모를 슬픔이 묻어나고 있었다.

생사고락을 함께했던 동료를 잃은 슬픔인데 오죽할까.

정유미는 그저 현성이 하루라도 빨리 이 모든 악연의 고리를 풀어냈으면 했다.

그리고 자신은 기자의 삶으로 돌아가 현성의 삶과 그의 사업을 취재하고, 술잔을 기울이며 티격태격하던 그때로 되돌아가고 싶었다.

"가볼게요."

"어디로 가는 거예요?"

"유미 씨처럼 만나야 할 친구들이 있으니까. 부탁할 것들이 많거든요."

"알았어요. 현성 씨, 다음번에 연락할 때는 꼭 받아야 해요."

"후후, 그렇게 하죠."

현성이 고개를 끄덕이며 자리에서 일어섰다.

잠깐의 인사.

그리고 홀연히 현성은 정유미의 집을 떠났다.

그녀는 한참을 현성의 뒷모습에서 시선을 떼지 못했다.

그 어느 때보다도 가장 힘들어 보이는 현성에게 자신이 도와줄 수 있는 것은 그의 부탁을 들어주는 것뿐이었다.

그래서 더 미안한, 한밤중의 술자리였다.

* * *

현성은 이어서 상화와 차예련, 그리고 홍광태까지 한 번에 만났다.

다행스럽게도 홍광태는 빠르게 원래의 삶에 녹아들었고, 지금은 밤낮 할 것 없이 열심히 일하며 지내고 있다고 했다.

상화와 차예련도 마찬가지였다.

상화는 임시로 대표이사 업무를 대행하면서, 현성의 공백을 없다시피 할 정도로 완벽하게 일을 해내고 있었다.

차예련 역시 예전보다 더 활기차진 모습으로 일을 했고, 한편으로는 상화를 도우며 그에게 힘을 보태주는 모습이었다.

"상화야, 고맙다."

"그런 약한 소리 하지 말고 빨리 돌아오라니까! 왜 아까부터 자꾸 같은 말만 반복하냐. 고맙다고 하려고 보자 했냐?"

"예련 씨, 부탁해요. 유미 씨 혼자만으로는 힘들 테니까, 꼭 좀 부탁할게요. 운영에 필요한 비용은 상화를 통해서 언제든 충당할 수 있게 해놓았으니까, 아이들이 생활하는 데 부족하지 않도록 돌봐줬으면 해요."

"걱정 마세요. 꼭 그렇게 할게요."

"현성 씨, 정말 고맙습니다."

"아닙니다. 전 해야 할 일을 했을 뿐이죠."

현성은 상화, 차예련, 홍광태와 차례대로 대화를 나누었다.

상화에게는 앞으로도 프랜차이즈 운영에 차질이 없도록 부탁함과 동시에 상화의 개인 계좌에 고아원 운영에 필요할 자금들을 충분히 넣어 두었다. 요리에 필요한 재료들도 미리 충분히 준비를 해 두었다.

상화는 그 이야기를 전해 듣고 화를 냈다.

충분히 현성이 관리할 수 있음에도, 굳이 왜 자신에게 이런 책임을 넘기냐는 것이었다.

일을 하기 싫어서가 아니었다.

마치 현성이 자신이 '다시는' 이런 일을 맡을 수 없을 것처럼, 꼭 죽음이라도 앞두고 있는 시한부 환자처럼 자신의 일들을 정리하고 있으니 답답해서 나온 소리였다.

현성은 말없이 웃기만 했다.

그래서 상화는 더 화를 냈지만, 현성은 그저 상화의 두 손을 꼭 붙잡은 채 달리 말이 없었다.

차예련은 정유미처럼 현성의 부탁을 흔쾌히 들어주었다.

당연히 그래야만 한다고 생각했다.

정유미와 같은 생각을 차예련도 하고 있었다.

현성은 자신의 삶을 나락에서 구해준 은인이었다.

한때는 그를 좋아하고 짝사랑하기까지도 했던 차예련이었다.

지금은 이상화라는 좋은 남자를 만나 인연을 키워가고 있었지만, 어쨌든 가슴 한편에는 현성에 대한 고마움을 늘 가지고 있던 그녀였다.

홍광태 역시 현성에게 연신 고맙다는 말을 반복했다.

그의 말에 따르면 조원석 역시 가족의 품으로 돌아가 행복한 삶을 살고 있다고 했다.

평범한 아빠로서의 삶.

원치 않았던 뱀파이어로 살아가면서 가족의 소중함을 다

시 한 번 깨달은 조원석은 예전보다도 더 가정적인 아빠가 되어 생업에도, 그리고 가사에도 열심인 그런 아빠이자 남편이 되어 있다고 했다.

홍광태가 전하는 다른 사람들의 근황 역시 좋은 소식뿐이었다.

뱀파이어에서 일반인의 삶으로 돌아온 것을 후회하거나 안타까워하는 사람은 단 한 명도 없다고 했다.

모두가 사람, 그리고 사랑의 소중함을 깨닫고, 빠르게 원래의 삶에 적응해 가는 중이라고 했다.

홍광태로부터 다른 사람들의 소식을 전해 들으니, 현성도 힘이 났다.

다행이었다.

적어도 주변의 사람들은 모두 행복한 삶을 찾았고, 또 찾아가고 있었다.

여전히 많은 사람이 학살 사건의 공포와 두려움에 떨고 있었지만.

늘 그랬듯 서서히 그 사건을 잊고, 또 극복하기 위해 다양한 준비를 해나가고 있었다.

순리대로 돌아가고 있는 톱니바퀴.

그 톱니바퀴의 한 부분만 제외하고는 이제 전부 맞아 들어가는 느낌이었다.

남은 것은 딱 하나.

바로 신정우였다.

*　　*　　*

"처음에는 무슨 약이라도 탔나 했다니까요. 뒷맛이 알싸하면서도 묘한 게, 한 모금이 아쉬웠어요. 현성이, 다음번에는 나도 한 병, 오케이? 값은 쳐주겠다니까."

"나는 되는 대로 좀 부탁하지. 일 끝나고 나서 맥주 대신에 한 잔 들이켜도 그만이겠어. 현성이, 나도 부탁 좀 하지! 값은 비싸게 쳐줄 테니깐!"

세 사람과 헤어지고 집으로 돌아오는 길.

텔레포트를 이용해 돌아올 수도 있었지만, 현성은 가로등 불빛마저 희미해진 골목길을 따라 걸으며 생각에 잠겨 있었다.

마법의 힘을 얻고 난 이후.

세상에 대한 아무 걱정 없이, 그저 자신에게 주어진 이 특별한 능력을 어떻게 활용할까 고민했던 현성에게.

첫 번째 인생의 전환점을 마련해 주었던 것이 바로 클린 마법을 이용한 물의 활용이었다.

지금도 기억이 선명했다.

그저 생수에 마법 한 번만 시전했을 뿐인데,

일터의 동료들은 그 물을 먹고 무척이나 맛있어 했다.

술집에서는 현성이 서빙하는 맥주만 찾는 손님들이 바글바글했다.

이를 토대로 사업을 구상한 현성은 상화를 '실험대상'으로 삼아 수백 그릇이 넘는 찌개를 만들곤 했었다.

"좋아, 여기서 조금만 더 된장 맛이 강해지면 될 것 같아."

"이번에는 좀 싱거워. 애초에 짠맛을 좋아하는 사람한테는 맞지 않겠어."

"이건 너무 새로운 시도잖아! 김치 맛밖에 나지 않아!"

지금 생각해도 객관적인 맛에 충실한 상화의 평가였다.

되짚어 보면, 이때 상화가 무척이나 많은 피드백을 해줬던 덕분에 지금의 따뜻한 뚝배기 한 그릇과 오인오색 사업이 존재하는 것이기도 했다.

좁은 옥탑방에서 셀 수 없이 찌개를 만들어가며 먹고 먹고 또 먹었던 그때의 기억이 새록새록 났다.

일이 꼬이기 시작한 건 김양철을 만나게 되면서 부터였다.

김양철을 시작으로 신정우와의 접점이 생겨났다.

그때만 해도 자신이 그 뒤에 숨겨진 거대한 흑막(黑幕)과 마주하게 되리라고는 생각지도 못했던 현성이었다.

지금의 이런 삶은 그때는 상상조차 할 수 없었던 삶이었다.

"차라리 잘됐는지도 모르지. 아무것도 몰랐다면… 어쩌면 정말 아무것도 모르고 죽었을지도 모르니까."

현성은 생각했다.

김양철을 만나지 않았다면 그 뒤에 숨겨진 흑막을 더 늦게 알게 됐을 것이고, 그렇게 됐다면 자신이 가진 마법으로 사업에만 충실하며 살아가다가 어느 날 비명횡사(非命橫死)했을지도 모를 일이었다.

굳이 강해질 필요성을 느끼지 못했을 테니까.

그때부터 시작된 악연의 고리가 이어지고 이어져, 지금까지 왔다.

어디가 끝인지 알 수 없었던 깊고도 어두웠던 통로.

하지만 이제는 끝이 보이고 있었다.

박 신부가 숨을 거두기 전에 마지막으로 남겼었던 말처럼.

이제 거의 다 왔다.

나갈 수 있는 사람은 하나뿐이다.

자신, 아니면 신정우인 것이다.

문득 두 스승의 목소리가 듣고 싶어졌다.

이렇게 혼자 생각에 잠길 때면, 외로움이 몰려오곤 했다.

기댈 수 있는 가족도, 연인도 없는 현성에겐 언제부터인가 두 스승이 안식처가 됐었던 것 같았다.

비록 얼굴 한 번 보지 못한 분들이지만, 자신에게 특별한 삶을 살게 해준 은인이었다.

"됐다."

현성이 고개를 저었다.

괜히 스승의 목소리를 듣게 되면 어린아이처럼 칭얼댈 것만 같았다.

마음이 약해질 것 같은 것이다.

한편으로는 이틀 전, 엄청난 일을 겪었음에도 일언반구(一言半句) 없는 두 스승이 원망스럽기도 했다.

로키스 때문일까?

아니면 방관하는 것일까?

혹은… 이젠 관심조차 없는 것일까?

수많은 생각이 들었다.

지이이잉!

이런저런 생각으로 마음이 복잡해지려는 찰나.

전화가 걸려왔다.

강민의 연락이었다.

"여보세요?"

—블랙 네트워크에 새 글이 올라왔습니다.

"블랙 네트워크에?"

—예. 블랙, 그러니까 신정우가 새로운 동료들을 모집한다고 합니다. 끝이 보이는 백야의 마지막 숨통을 끊자는… 그런 내용입니다.

"금방 가죠."

—예.

현성이 빠르게 발걸음을 옮겼다.

신정우가 다시 움직이고 있었다.

도대체 녀석은 어디에 숨어 있는 것일까.

이대로는 또다시 놈이 힘을 모을 시간만 주게 된다.

유일한 실마리는 박 신부가 남긴 추적 장치였다.

하지만 이틀 내내 먹통인 추적 장치는 여전히 신정우의 위치를 잡아내지 못하고 있었다.

삐—

현성이 다시 스마트폰 추적 장치를 켰다.

혹시나 하는 생각에서였다.

이번에는 신호가 잡히지 않을까 하는 기대가 담긴 선택이었다.

깜빡— 깜빡—

"……!"

바로 그때.

이틀을 내내 신호를 잡지 못해 애를 태우던 추적 장치가 신호를 보내오고 있었다.

반짝이는 빨간 점.

그 빨간 점을 중심으로 한 주변 지도가 선명하게 드러나고 있었던 것이다.

"찾았다, 신정우. 네놈을 드디어 찾았어."

장치를 움켜쥔 현성의 손이 부르르 떨렸다.

빨간 점은 아주 미세하지만 좌우로 움직이기를 반복하고 있었다.

살아 있는 신호인 것이다.

더 이상 망설일 이유가 없었다.

이제는 이 지독하다 못해 신물이 날 지경에 이른 악연의 끝을 봐야 했다.

죽음? 위험?

그 어떤 것도 두렵지 않았다.

자신을 위해, 망설임 없이 목숨을 던진 동료들을 위해서라도.

반드시 마침표를 찍어주고 싶었다.

결과가 설령 자신의 죽음으로 마무리된다 할지라도…….

후회는 없었다.

자정을 앞둔 시간.

아직 내일의 동이 트기 까지는 충분한 시간이 남아 있었다.

현성은 소망했다.

부디 내일 아침에는.

사람들이 아무 일도 없이 하루를 보냈음에 안도하는 그런 일상이 또 반복되지 않기를.

과거에 그래왔던 것처럼, 그저 쳇바퀴 같은 일상에 투덜거리며 살아갈 수 있는 평범한 삶이 오기를.

11장

선악(善惡)의 밤

[우리는 지난 전투를 통해 백야의 일원 대다수를 소탕하였다. 역시 녀석들은 잔혹한 살인마에 불과했고, 예전처럼 죄 없는 일반인들의 목숨을 인질로 삼아 싸우려고 했다. 그놈들의 수괴를 제외하고는 대다수가 죽거나 크게 다쳤으며, 이제 마무리를 위해 힘을 합칠 동료를 구하고자 한다.]

"……."

집으로 돌아온 현성은 강민이 일찌감치 모니터에 띄워둔 블랙 네트워크의 공지를 확인하고 있었다.

많은 사람들이 저런 같잖은 소리에 넘어가는 사람이 있겠어? 하겠지만 실제로 김도원이나 신상현의 경우에도 결국 이런 블랙 네트워크의 꾸준한 활동이 발단이 되어 들어온 사람들이었다.

이틀이 지난 시간.

신정우의 상태가 어느 정도일지는 몰라도, 하루 이틀에 회복될 부상은 아니니 상태가 좋지는 않을 것이다.

그렇기 때문에 시간을 끌 요량으로 또 다른 방패막이를 구하고 있는 것 같았다.

"위치가 추적됐어. 움직일 거다."

현성이 계속해서 붉은 표시가 깜빡이는 추적 장치를 응시했다.

서울 근교에 위치한 3층짜리 건물이었는데, 인터넷을 통해 검색해 보니 지어진 지 오래되어 언제부터인가 폐건물이 되었다는 그런 건물이었다.

신정우와 휘하의 부하들이 은신하기엔 더할 나위 없이 좋은 장소인 셈이다.

"나도 가겠어!"

리나가 일어섰다.

그녀의 왼팔에는 붕대가 몇 겹으로 감겨져 있었다.

"안 돼. 나 혼자 가겠어."

"무슨 소리야? 개죽음당하러 갈 일 있어? 아직 오른손이 멀쩡한데, 날 왜 안 데리고 가는데?"

"위험해."

"그러는 그쪽은 뭐 안 위험할 줄 알고 가는 거야? 헛소리하지 마. 같이 갈 거니까."

"리나!"

"간다고 했어, 분명히! 혼자 생색내려고 하지 마."

리나가 자리에서 일어섰다.

현성만큼이나 의지로 가득 찬 눈빛이었다.

그러자 조용히 커피를 마시고 있던 강민도 리나의 앞으로 나섰다.

"저도 가겠습니다."

"음……."

현성이 침음성을 냈다.

함께 움직이는 사람이야 많을수록 좋지만.

이미 앞서의 전투에서 많은 동료를 잃고 난 뒤라 그런지, 걱정이 더 앞섰다.

제삼자의 입장에서 보면 '그러는 현성 당신은 왜 걱정하지 않습니까?' 하고 물어보기에 충분한 상황이지만, 현성은 자신에 대한 것보다 동료들의 안전을 더 걱정했다.

"없는 것보다는 있는 게 나을 겁니다. 그리고 홀로 단독으로 위험을 무릅쓰고 싸우시라고 박 신부님과 동료분들, 그리고 제 동생들이 희생한 것도 아니고요."

강민의 목소리는 침착하고 차분했다.

그는 단 한 번도 울지 않았다.

정든 동생들을 떠나보낼 때도 무표정한 얼굴이었던 사람이었다.

얼마나 굳게 참고 있길래, 눈물마저 버린 것일까.

현성은 살짝 부어 있는 강민의 두 눈에서 그가 몰래 눈물을 삼키고 있었다는 것을 짐작할 수 있었다.

"위치가 파악된 거야? 신부 아저씨가 남긴 그 장치, 제대로 작동하지 않았잖아?"

"드디어 잡혔어. 놈은 여기에 있어."

현성이 화면에 잡힌 신호를 가리키자 리나와 강민의 시선이 고정됐다.

두 사람은 이내 고개를 끄덕였다.

신정우의 위치가 파악됐다면, 더 이상 그에게 시간을 줄 필요가 없었다.

"잘됐군요. 이 공지는 방금 올라왔으니, 아직 반응은 없을 겁니다. 있다고 하더라도… 지금은 아닐 겁니다."

강민이 두 주먹을 불끈 쥐었다.

어쩌면 처음이자 마지막이 될 지도 모르는 기회가 왔다.

오늘로 끝내야 했다.

"그럼… 가자."

현성이 조심스럽게 움직이기 시작했다.

아직 각각의 방에는 휴식을 취하고 있는 다른 동료들이 있었다.

아마 이 이야기를 혹시라도 듣게 된다면, 불편한 몸을 이끌고서라도 나가겠다고 할 것이다.

현성은 그런 상황을 만들고 싶지 않았다.

현성의 생각과 비슷한 생각을 하고 있었는지, 리나와 강민도 천천히 기척조차 내지 않고 움직였다.

부우우웅!

목적지로 향하는 일행의 세단이 더욱 속력을 냈다.

박 신부가 몰고 다니던 세단이었다.

이제는 주인이 바뀌게 된 차.

안에서는 박 신부의 느낌이 물씬 풍겨나고 있었다.

여기저기 붙어 있는 고아원 아이들의 사진과 가운데에서 활짝 웃고 있는 박 신부의 모습.

리나는 조수석에 잔뜩 붙어 있는 사진들을 보며 다시 한 번 눈물을 삼켰다.

뒷자리에 앉은 강민은 마치 책장이라도 된 것처럼 잔뜩 옆에 쌓여있는 성경과 신앙 관련 서적들을 보았다.

얼마나 많이 읽었으면 책의 각 페이지 테두리 부분이 너덜너덜해져 있었다.

특히 페이지를 넘길 때 손가락이 닿는 부분은 손때까지 묻어 새까맣게 변해 있었다.

"참, 신부님도 재미없게 살았네요. 저는 죽었다가 깨어나도 성경은 못 읽을 것 같습니다. 하품이 나오거든요, 하하하."

"나도 마찬가지에요. 진작 읽다가 때려 쳤을 텐데."

강민의 말에 현성이 맞장구를 쳤다.

박 신부는 항상 시간이 남을 때면 성경을 반복해서 읽곤 했었다.

봤던 부분을 또 보고, 또 보고, 계속 봤다.

지겹지 않냐고 물으면, 박 신부는 자신에게 이렇게 대답하곤 했었다.

"한 문장의 뜻을 곱씹고 본질적 의미를 깨닫는데 몇 년의 시간이 걸리곤 합니다. 진심으로 가슴 속에 박혀야만 비로소 다 읽었다고 할 수 있거든요. 그래서 참 오랜 시간이 걸립니다. 우습죠?"

"저는 축복받은 사람입니다. 하느님의 뜻을 이해할 수 있는 시간을 그 누구보다도 길게 가질 수 있었으니까요. 그래도 여전히 말씀의 깊이는 제가 감히 무어라 할 수 있는 것이 안 됩니다. 앞으로 수천 년을 더 살아도 모를 겁니다."

그는 대한민국에 천주교가 들어온 이래로 신앙생활을 단 한 번도 포기한 적이 없었던 사람이었다.

다만 뱀파이어 헌터로 살아가면서 교적을 두고 신부의 자리를 유지하게 되면, 훗날 죄 없는 신도들이 자신이 처한 위험에 함께 엮일 수 있어 스스로 신부의 삶을 포기하고 나왔던 것이다.

아직도 많은 사람이 박 신부를 여자와 사랑에 빠져 신앙인의 삶을 저버린 그런 신부로 기억하고 있었다.

박 신부는 자신의 결정을 후회하지 않는다고 했다.

현성이 더 큰 미래를 보고 자신의 주변 사람이 위험에 빠지지 않게 떨어져 나왔던 것처럼, 자신도 그런 선택을 한 것이라고 했다.

"그리고 한 가지 말씀드릴 것이 있습니다."

강민이 다시 운을 뗐다.

현성이 대답 대신 고개를 끄덕이자 강민이 조심스럽게 말을 이어나갔다.

"아시다시피 제게도 스승님이 계십니다. 청혈미선이라 불리는 분이시죠. 전에도 살짝 말씀드린 적이 있으니 알고 계실 겁니다."

알고 있었다.

현성 자신에게도 차원의 연결을 뛰어넘어 인연이 닿은 스승이 있는데, 그들에게 없을 리 없었다.

강민과 동생들이 구사하는 기공술은 마법과는 또 다른, 아주 특별한 것이었다.

"스승님과 동료들이 적혈마선의 꼬리를 거의 다 밟으신 모양입니다. 하지만 워낙에 깊숙한 곳에 숨어든 탓에 그 이상의 흔적이 보이지 않는 듯합니다. 스승님께서 말씀하시길 제자, 그러니까 신정우에게 적혈마선이 다시 힘을 부여하려 하게 되면. 그때는 내력의 흐름을 숨길 수가 없어 놈의 꼬리를 다시 밟을 수 있을 것이라 하셨습니다. 만약 신정우가 평소 그 이상의 힘을 내기 시작한다면 적혈마선의 힘이 닿기 시작한 겁니다. 최대한 버티고 버텨주실 수만 있다면……."

"저 너머의 세상에서 그를 잡을 수 있다?"

"그렇습니다."

강민이 고개를 끄덕였다.

이 모든 것이 신기하면서도 한편으로는 씁쓸한 인연의 교차점이었다.

차원의 불균형으로 말미암아 벌어진 대한민국의 현실은 제삼자의 입장에서 객관적으로 보면 정말 황당하기 짝이 없는 일이었다.

마치 차원 너머에 있는 누군가의 호기심을 채워주기 위해 대리전을 치르는 느낌이었다.

하물며 적혈마선과 청혈미선은 동일 시대의 사람이다.

그 사람들이 자신의 힘을 뽐내고자 이 땅 위에 자신의 능력을 전수한 사람들을 만들어냈고, 그것이 바로 신정우와 7남매였다.

7남매는 현성과 같은 뜻을 가지고 정의를 위해 싸웠으니 그렇다손 쳐도.

신정우는 정말 희대의 살인마였다.

호기심이 만들어낸 산물 치고는 너무 많은 인명을 앗아가 버린… 최악의 결과물이었다.

삐— 삐— 삐—

추적 장치의 붉은 점은 여전히 계속 깜빡이고 있었다.

거리가 가까워지고 있기 때문인지, 표시되고 있는 지도의 범위도 점점 줄어들었다.

신정우의 혁대, 그리고 신발에 심어놨다는 추적칩.

두 개의 붉은 점이 거의 겹치다시피 한 것으로 봐서는 여전히 그 혁대와 신발을 착용하고 있거나, 혹은 어딘가에 둔 채로 있는 것일 가능성이 컸다.

가슴이 두근거렸다.

처음 신정우를 만나고, 그와 목숨을 건 일전을 치르고 난 뒤.

현성은 직감했다.

다음번에 이놈을 다시 정면승부로 맞이하게 될 날이 온다면, 그때는 반드시 하나는 죽을 수밖에 없을 것이라고.

그날의 전투도 극한의 상황까지 몰리고 몰렸던 사투였다.

하물며 이번이라고 다를 리 없었다.

그때와 달라진 것이 있다면.

그때는 신정우가 자신의 허를 찌르고 들어왔었다는 것이고, 이번에는 역으로 자신이 신정우의 빈틈을 노리고 공격할 준비를 하고 있다는 점이었다.

"그때 살아서 돌아간 놈들이 얼마나 됐었지?"

리나가 물었다.

신정우를 따라 도망쳤던 남은 수하들의 수가 기억나지 않는 모양이었다.

"신정우 빼고 아홉."

현성은 또렷하게 기억하고 있었다.

도착했을 때는 이미 녀석들이 한참을 멀어지고 난 뒤였지만.

숫자는 외워두었던 것이다.

신정우를 포함해 정확히 열 명이었다.

"어떻게 할 거야? 숙주를 상대했던 날처럼? 아니면 정면 돌파?"

"이건 신정우가 대비할 시간을 조금도 주어서는 안 됩니다. 리나 씨와 제가 죽이 되든 밥이 되든 싸우는 게 낫습니다."

강민이 망설임 없이 말했다.

"나도 그게 맞는 것 같은데."

리나가 고개를 끄덕였다.

현성은 잠시 생각에 잠겼다.

강민은 그렇다고 쳐도, 리나는 정상적으로 싸우기에는 한 팔을 제대로 쓸 수 없어 위험 요소가 많았다.

자신이 신정우를 상대하게 되면, 두 사람이 나머지를 상대해야만 했다.

더 이상의 희생은 싫었다.

"걱정하지 마십시오. 저희 목숨은 알아서 챙길 겁니다. 걱정하시는 일들은 안 벌어질 겁니다."

강민이 현성을 안심시켰다.

"여차하면 내빼기라도 할 테니까. 신경 쓰지 말고 그놈만 상대하자! 응?"

리나가 말을 보탰다.

현성이 무엇을 걱정하고 있는지 리나의 눈에 훤히 보였기 때문이다.

"그러면 그렇게."

현성이 고개를 끄덕였다.

냉정하게 생각하면 이 방식이 맞았다.

신정우에게 대비할 시간을 주면 줄수록 전투는 더 어려워진다.

더 이상 싸움을 질질 끌고 싶지 않았다.

"그렇다면……."

끼익.

현성이 차를 세웠다.

순간적으로 접근하는 방법으로는 텔레포트만큼 좋은 것이 없었다.

차가 멈춰선 곳은 신정우의 은신처로 보이는 건물로부터 500m 정도 떨어진 지점이었다.

오늘은 이틀 전처럼 비가 내리지는 않았지만, 저녁부터 시작된 강풍이 계속 불고 있었다.

신정우가 어디에 있을지는 짐작이 갔다.

3층일 것이다.

혹, 텔레포트 직후에 신정우를 만난다 하지 못하더라도 블링크를 이용해 움직이면 됐다.

"후우."

현성이 자리를 잡고 텔레포트를 전개하기 위한 준비를 하기 시작했다.

"언제쯤 출발하면 맞을까?"

"지금."

"그럼 움직이죠."

"예."

"뒤는 신경 쓰지 마! 그놈만 쫓아. 알았지? 다른 거 신경 쓰면 안 돼!"

"알았어."

리나의 말에 현성이 고개를 끄덕였다.

그녀의 말대로 오로지 신정우, 그놈만 쫓아가 싸울 생각이었다.

리나와 강민이 빠르게 움직였다.

이왕이면 현성보다 늦게 도착하는 것보다는 한 템포 빠르게 들어가는 것이 좋을 터다.

스르륵— 스륵!

"괜찮겠습니까?"

"지금은 붕대도 걸리적거려요. 필요 없어요."

강민과 뛰는 동안 리나가 왼팔에 묶여 있던 붕대를 풀어 던져 버렸다.

지혈(止血)은 됐지만, 상처는 여전했다.

여기저기 남아 있는 검상이 그날의 치열했던 전투를 증명해 주고 있었다.

바람 탓인지 건물의 문은 꼭 닫혀 있었다.

등 뒤를 보니, 현성의 마법진이 점점 활성화되고 있는 것이 보였다.

현성의 얼굴은 무표정하게 굳어 있었다.

평소의 현성답지 않은 어둡고도 차가운 표정이었다.

"후우."

속도를 내기 시작하자, 자연스럽게 뜨거운 숨소리가 터져 나왔다.

리나가 단검 두 개를 꺼내 들었다.

"윽."

역시 왼손에는 힘이 잘 들어가지 않는다.

하지만 현성이 이틀 내내 집중적으로 힐을 이용해 치료를 해준 덕분인지, 전투에 쓸 만한 힘을 낼 정도는 됐다.

단, 왼팔은 여기서 한 번 더 상처 입을 경우에는 사용할 생각을 포기하는 것이 좋을 듯싶었다.

끼이이익—

바로 그때.

건물 안쪽에서 문이 열렸다.

누구일까?

한창 속력을 내던 리나와 강민이 재빠르게 사각지대로 몸을 숨긴 뒤, 다시 달리기 시작했다.

때마침 더욱 강하게 부는 바람은 두 사람의 기척을 바람 소리에 묻히게 만들었다.

치이이익— 후우욱—

한가롭게 담배를 태우는 남자.

"……!"

리나와 강민의 시선이 교차했다.

이틀 전에 보았던 놈들 중 하나였다.

휘리리릭, 푹!

"끅!"

상황은 순식간에 벌어졌다.

리나가 온 힘을 다해 던진 단검이 바람을 등지고 단숨에 날아갔고, 그대로 놈의 관자놀이를 꿰뚫은 것이다.

"어?"

그때, 문 안 쪽에서 목소리가 들렸다.

같이 담배를 태우러 나오려던 녀석이었을까?

눈앞에서 동료의 숨통이 끊어지는 것을 보자, 문 안쪽의 녀석이 직감한 듯 소리쳤다.

"놈들의 공격이다!"

이 시간에, 이곳에, 이렇게 대담하게 들어올 수 있는 존재는 딱 하나밖에 없었다.

백야.

그러니까 현성의 무리였다.

*　　　*　　　*

"음……."

정철이 자리에서 일어섰다.

신정우가 돌아온 이후.

정철은 줄곧 이 자리를 지키고 있었다.

그날의 혈투는 확실히 서로에게 큰 피해를 입혔다.

동료, 정확하게 말하자면 같은 주인을 모시고 있는 자들이 여럿 있었던 아지트였지만.

이제는 그 수가 한 자리밖에 되지 않았다.

그나마 구심점 역할을 해주던 김도원과 정경호가 모두 죽자, 남은 녀석들은 제대로 통제도 되지 않았다.

워낙에 해놓은 악행들이 많아, 이제 와서 평범하게 살 수도 없는 녀석들이었다.

그 때문인지 신정우는 뉴페이스들을 채워 넣으며 물갈이를 할 생각이었던 듯싶었다.

하지만 타이밍이 좋지 않았다.

어떻게 이곳을 알아냈는지는 모르겠지만 공격이 시작된 것이다.

"크아아아아악!"

그리고 그 사이에 입구에서 비명 소리가 하나 더 추가되고 있었다.

벌써 두 놈의 목숨이 사라진 것이다.

"형님, 어떻게 할까요?"

나머지 일곱이 묻는다.

이미 놈들의 얼굴에는 당황한 기색이 역력했다.

적어도 이 은신처만큼은 안전하다고 믿었기 때문일 터다.

정철도 당황스럽기는 했다.

누군가의 미행을 받아본 적도 없고, 주변의 이목을 끌 만한 건물도 아니었다.

단번에 이 은신처를 알아냈다는 것은 정말 어딘가에 추적 장치라도 심어져 있지 않으면 불가능한 일이었다.

"뭘 어떻게 해. 상대해야지. 곧 형님이 합류하실 테니까. 겁먹지 말고 싸워!"

정철은 3층에 있을 신정우가 빠르게 합류할 것이라 생각했다.

콰아아앙!

하지만 생각은 빗나갔다.

폭음이 들려온 것이다.

위치는 3층.

신정우가 머물고 있을 바로 그곳이었다.

"……."

양동 작전인가.

정철이 두 주먹을 움켜쥐었다.

이 정도의 파괴력을 가진 싸움은 현성이 아니면 벌이지 못한다.

즉, 3층에는 신정우와 현성이 있는 것이다.

여기서 3층에 지원을 가거나 지원 병력을 보내는 것은 무의미하다.

그렇다면 이제 입구로 들어올 나머지 녀석들을 상대하는 것뿐이다.

최대한 빠르게 놈들을 정리하고, 신정우에게 힘을 보태줄 수 있다면.

이번만큼은 김성희 때처럼 자신의 주인을 잃는 일은 없을 터다.

쿵! 쿵쿵! 쿵!

정철이 움직이기 시작했다.

육중한 그의 몸이 움직일 때마다 지축이 뒤흔들렸다.

"와아아아!"

동시에 나머지 일곱이 일제히 달려 나가기 시작했다.

치열하게 싸움이 전개됐다.

강민과 리나는 좁은 입구를 적극적으로 활용하여 놈들을 상대했다.

치고 빠지기를 반복하는 두 사람의 기민한 공격에 정철은 고전했다.

정확하게 말하자면, 자꾸 앞에서 동선을 막는 잔챙이들 때문에 허비되는 움직임이 많았다.

"아예 밖으로 밀어붙여! 뭘 하고 있는 거야!"

정철이 화를 냈다.

리나의 공격은 매서웠고, 강민은 놈들이 접근하지 못하도록 연신 장(掌)을 펼쳤다.

7남매 중에서도 가장 고강하고 심후한 힘을 가진 강민의 공격이었기 때문에 놈들도 쉽게 접근하지 못했다.

여차하면 치명상을 입고, 그 자리에서 목숨을 잃을 수도 있었기 때문이다.

하지만 정철이 뒤에서 고함을 지르며 성을 내자, 뒷걸음질 치던 녀석들도 다시 달려들기 시작했다.

여기서 몇 발자국 더 뒤로 빠졌다가는 정철에게 목숨이 날아갈 판이었기 때문이다.

"하아아압!"

정철이 달려나가는 녀석들의 몸뚱이를 방패 삼아 전력질주하기 시작했다.

"빠지죠!"

강민이 소리쳤다.

저 육중한 거구와 정면으로 부딪히면, 리나든 자신이든 버텨낼 재간이 없었다.

하지만 리나의 생각은 달라보였다.

"먼저 가요!"

리나의 선택은 역(逆)이었다.

푸욱!

"끄악!"

리나는 자신을 노리고 달려들던 녀석에게 방향을 틀어 전속력으로 붙었다.

의외의 공격.

당연히 리나가 빠질 것으로 예상하고 속도를 내던 놈은 어느새 자신의 왼쪽 가슴에 박혀 버린 단검을 보고는 원망스럽게 그녀를 쳐다보았다.

물론 그런다고 해서 끊어진 목숨이 다시 붙는 것은 아니겠지만.

"야아앗!"

리나가 기합을 내뱉으며 정철에게 달려들었다.

리나에게 공격을 당해 무릎을 꿇으며 쓰러지고 있는 놈의 몸은 좋은 디딤대가 되어 주었다.

순식간에 허공으로 날아오른 리나는 매섭게 정철의 얼굴을 노리고는 예기를 머금은 대검을 허리춤에서 꺼냈다.

푸욱!

"으음……."

"뭐야?"

회심의 일격이 성공했다!

미처 대비할 틈이 없었는지, 자신의 대검이 정철의 팔뚝에 꽂혔던 것이다.

하지만…….

생각했던 것과 반응이 달랐다.

고통에 찬 비명을 내질렀어야 할 정철의 얼굴은 잠시 찌푸려지기만 했을 뿐이었다.

빼억!

"꺄악!"

정철이 왼쪽 팔뚝에 대검을 꽂은 채로, 오른팔을 휘둘러 리나를 날려 버렸다.

볼 언저리를 그대로 강타당한 리나는 한참을 날아가 떨어졌다.

"리나 씨!"

강민의 시선이 리나에게로 향했다.

하지만 그것도 잠시, 자신을 노리고 달려드는 녀석들을 피하기 위해 계속해서 뒤로 빠질 수밖에 없었다.

이제 놈들의 수는 여섯이 되었다.

하지만 여전히 위협적인 것이 사실이었다.

김도원과 정경호를 죽이는데 큰 공을 세운 것이 리나였고, 상대적으로 강민의 활약이 적었다고 생각했는지.

놈들은 리나가 정철을 상대하기 위해 전열을 이탈하자 강민을 상대로 적극적으로 달려들었다.

리나의 전투 스타일이 바로 정면에서의 난타전이라면, 장이나 권으로 전투에 임하는 강민은 어느 정도 거리를 두고 싸우는 근접전이기 때문이다.

반면 이놈들은 강화된 신체 능력을 바탕으로 사방으로 날뛰며 갈피를 잡을 수 없게 만들고, 빈틈을 이용해 목숨을 노리는 타입이었다.

거리를 가까이 줄수록 강민이 불리했다.

여기서 한 놈이라도 저쪽으로 방향을 틀게 되면, 그때부터는 리나가 위험해진다.

지금도 충분히 리나는 위험한 상황에 처해 있었다.

강민은 어떻게든 여기서 여섯 놈의 손발을 묶어 볼 생각이었다.

이미 죽을 각오는 오래 전부터 했다.

강민은 현성을 믿었다.

자신이 모시고 있는 스승 청혈미선의 원수이자, 무림의 질서를 어지럽힌 적혈마선의 제자 신정우.

부족한 자신보다는 모든 것을 갖춘 현성이 반드시 신정우의 목숨을 거둬주리라 믿었다.

자신은 이 자리에서 맡은 일을 하면 될 것이다.

단 한 놈도 다시 저 건물 안으로 들어가지 못하도록 막는 일. 그것이 자신의 소임이었다.

"여섯 놈이 한 놈을 못 이겨? 왜 아무도 안 들어오지? 겁이 나는 모양인데?"

"이 새끼!"

강민이 살살 약을 올리자, 한 놈이 먼저 달려들었다.

파팟— 파팟— 팟!

이 녀석, 눈에 익는다.

좌우로 빠르게 순간이동 하듯 움직이는 능력을 가진 녀석.

그게 유일한 능력이었지만, 상대를 현혹시키기에 좋은 움직임이었기에 위험한 능력이기도 했다.

이 녀석 때문에 민철이 전투 도중에 시야를 잃어버렸고, 결국 빈틈을 공격당해 죽었던 것이다.

터억!

"컥!"

강민의 손길이 향한 곳은 아무것도 없는 허공이었다.

하지만 동시에 신음 소리와 함께 강민의 손끝에서 녀석의 얼굴이 드러났다.

강민에게 잡힌 것은 그의 목이었다.

"두 번은 안 당한다니까."

와드드드드드드득!

"으큭!"

강민이 목을 움켜쥔 채로 가감 없이 바로 전력을 다해 일장을 펼쳤다.

그러자 뼈가 부러지는 소리와 함께 꺾여 버린 녀석의 목이 힘없이 뒤로 축 늘어졌다.

즉사한 것이다.

"다음 차례는?"

강민의 입가에 미소가 돌았다.

두려움이 없는 것은 아니었다.

여전히 수적 우위는 놈들이 가지고 있다.

난타전은 자신이 불리했다.

가급적 일대일 상황이 계속되길 바랐지만, 놈들이 바보가 아닌 이상 멍청한 짓을 두 번 반복하진 않을 것이다.

"한꺼번에 가자!"

역시나 판단이 빨랐다.

이렇게 된 이상, 난타전으로 갈 수밖에 없었다.

차라리 잘됐다 싶었다.

사방이 적이라면 대중없이 공격을 해도 맞아주는 놈이 꼭 있을 테니까.

"그래, 한바탕해 보자고!"

강민이 소리쳤다.

"야아아아앗!"

"죽여 버려, 이 새끼—!"

누가 먼저랄 것도 없이 놈들이 달려들기 시작했다.

본격적인 전투.

강민이 입술을 질끈 깨물었다.

순간 주마등처럼 남매들의 얼굴이 하나씩 머릿속을 스쳐 지나갔다.

녀석들에게 부끄럽지 않은 형, 오빠가 되기 위해서라도.

반드시 이 전투를 승리로 이끌고 싶었다.

*　*　*

"제법이군."

"이런 무식한 몸뚱아리는 처음 보는데……?"

"후후. 크윽."

"하아. 하아."

한편 1층에서의 전투는 서로 일격을 한 번씩 주고받은 상황이었다.

리나의 왼팔은 축 늘어져 있었다.

정철의 공격을 왼팔을 이용해 무의식적으로 막으려다가 엄청난 괴력에 그대로 부러지고 만 것이다.

순간 까무러칠 것 같을 정도로 극심한 통증이 느껴졌지만, 리나는 초인적인 힘으로 그 고통을 참아내고 있었다.

강민이 밖에서 분투(奮鬪)하고 있는 것처럼, 여기서 자신이 무너지면 당장에 강민이나 현성이 연이어 위기에 처할 판이었다.

놈은 강력했다.

정확하게 말하자면 고통을 모르는 것 같았다.

왼팔을 내주면서 수십 번도 넘게 몸에다가 대검을 찔러 넣었는데도 멀쩡했다.

다만 리나도 그 와중에 오기에 가깝다 싶을 정도의 집념으로 정철의 왼쪽 옆구리에 단검 하나를 박아 넣을 수 있었고, 덕분에 정철은 왼쪽으로 움직이는 동작에 불편함을 느끼는 모습이었다.

장기전은 여러 가지로 불리했다.

왼팔은 이제 쓸 수조차 없게 됐고, 남은 건 그나마 상처가 덜한 오른팔뿐이었다.

외팔로 싸운다는 것은 보통 어려운 일이 아니었다.

더욱이 정철과 같이 어설픈 공격으론 생채기도 안 날 녀석에게는 더더욱.

승부수를 던질 필요가 있을 것 같았다.

어디가 약점일까.

리나의 시선은 정철의 두 눈에서 멈췄다.

유일하게 몸에서 강화되지 않은 부분이었다.

다른 부위들은 단검을 찔러 넣어도, 마치 철판에 쑤시는 듯한 느낌이었다.

단단한 외피(外皮) 때문이었다.

유일하게 그 외피의 영향이 해당되지 않는 곳이 눈이었다.

제아무리 강철 같은 몸을 가지고 있더라도, 보이지 않으면 쓸모가 없다.

리나는 정철의 눈을 노릴 생각이었다.

쉽지는 않을 것 같았다.

당장에 신체적인 차이부터가 컸다.

무임승차를 하듯이 정철의 눈을 노릴 기회가 온다면, 그건 정말 천운일 것이다.

불가능에 가까운 일이었다.

놈의 약점을 노리기 위해서는 그만큼 자신도 위험을 감수해야만 했다.

"후아."

리나가 좌우로 스탭을 천천히 밟으며, 몸을 다시 한 번 풀었다.

"음."

정철이 자신을 노려보고 있다.

어떤 식으로 접근을 한다고 하더라도, 선수는 빼앗길 가능성이 컸다.

그렇다면 효과적으로 내줘야 한다.

그 다음으로 녀석의 약점을 일격에 확실하게 노릴 수 있을 만큼!

보이지 않게 식은땀이 흘러내렸다.

솔직히 두려웠다.

자칫 잘못했다가는 아무런 성과 없이 목숨을 잃거나, 돌이킬 수 없는 중상을 입을지도 몰랐다.

'여기서 죽으면 정말 죽는 걸까?'

문득 그런 생각이 들었다.

로키스를 통해 수많은 차원을 넘나들며 몸을 빌려 살았던 리나였지만.

생각해 보니 다른 사람의 몸을 빌어 죽었던 적은 한 번도 없었다.

그래서 답을 알지 못했다.

박 신부의 말대로 인간들이 반드시 언젠가 당도하게 되는 죽음이 영원한 안식을 가져다 줄 수 있다면, 그것도 나쁘지는 않겠다 싶었다.

물론 개죽음은 사절이었다.

"야아아앗!"

리나가 정철을 향해 전속력으로 질주하기 시작했다.

이미 방어 자세를 취하고 있는 정철.

지금으로서는 빈틈을 찾기 힘들지만, 이제 리나가 자신의 빈틈을 내어주면.

녀석도 그 빈틈을 물기 위해 자신의 빈틈을 보이게 될 것이다.

교환이었다.

누가 더 현명하게 살을 내어주고, 동시에 뼈를 취하는가에 달린 중요한 순간인 것이다.

* * *

"끅……! 으욱."

풀썩. 쿠우우우웅.

마지막 녀석이 초점 없는 눈으로 무릎을 꿇고, 피를 토하며 앞으로 고꾸라졌다.

"하아. 하아. 하아."

강민이 피비린내 가득한 숨을 토해냈다.

"이기긴… 이겼군……. 쿨럭!"

후드드드득.

긴장이 풀려 버린 몸.

겨우 참고 있던 고통의 흔적들이 입을 타고 쉴 새 없이 쏟아져 나왔다.

검붉은 핏덩어리들이었다.

"하아."

강민이 힘없이 자리에 주저앉아 버렸다.

온몸이 피투성이였다.

얼굴, 목, 어깨, 팔, 손, 허벅지, 배, 등, 다리 할 것 없이 상처가 한가득이었다.

그나마 다행인 것이 있다면 목숨을 잃을 만큼의 치명상까진 아니었다는 것이다.

하지만 상처가 워낙에 많았고, 그 고통이 상상을 초월할 정도인지라 도저히 발걸음을 내딛을 엄두가 나지 않았다.

퍼어어어엉! 와장창창!

그 와중에 3층에서는 계속 폭음이 일어나며, 동시에 외곽의 창문들이 깨져 나가고 있었다.

강민이 싸우던 자리 근처에는 수많은 유리 조각으로 가득했다.

"젠장, 올라가야 하는데……."

강민이 어떻게든 몸을 일으켜보려 애썼지만, 좀처럼 힘이 들어가지 않았다.

어떻게 되고 있을까.

현성에게 조금이라도 힘을 보태주고 싶었지만, 그럴 엄두가 나지 않았다.

"하… 제발 조금만, 조금만……."

강민이 아주 천천히 그리고 조심스럽게 몸을 일으키기 시작했다.

아직 끝난 것이 아니었다.

*　　　*　　　*

…….

1층 로비는 적막이 감돌았다.

두 사람이 쓰러진 채 움직이지 않고 있었다.

바닥은 온통 피투성이였고, 리나와 정철 모두 엎어진 채 고개를 들지 못했다.

정철의 두 눈은 주인을 잃고 사라져 있었다.

뻥 뚫려 버린 눈의 상처를 타고 흘러나온 피가 그의 머리맡에 흥건했다.

상대적으로 외상이 적은 다른 몸과 달리 머리와 얼굴 근처는 온통이 피투성이였다.

정수리에 난 상처에서도 계속 피가 흘러나오고 있었다.

아직 열이 채 식지 않은 뜨거운 피였지만.

정작 피의 주인은 이미 목숨이 끊어진 뒤였다.

"……."

까딱. 까딱.

엎어져 있는 리나의 오른손가락이 살짝 움직였다가 떨어지기를 반복했다.

왼쪽 팔, 왼쪽 다리는 그야말로 따로 노는 신체가 되어버렸다.

꺾여서는 안 될 방향으로 꺾인 팔과 다리는 보는 것만으로도 기괴한 느낌을 들게 할 정도였다.

죽음을 각오한 투지와 열정의 승리일까?

리나의 승부수는 성공했다.

덕분에 몸 어느 곳 하나 성한 곳이 없었지만, 그래도 정철의 목숨을 취할 수 있었다.

마지막 사투에서 들고 있던 검까지도 다 내던지고 이 대신 잇몸이라는 심정으로 손톱까지 이용해 가며 정철의 눈을 후벼 팠던 리나의 오른손 손톱은 전부 빠져 없어졌거나, 반 이상을 들려 피가 철철 흘러내리고 있었다.

쿠웅! 쿠우웅! 쿠웅!

위에서 폭음이 들릴 때마다 1층도 들썩였다.

일어나고 싶지만, 몸이 쉬이 일으켜지지 않는다.

리나가 천천히 아주 조심스럽게 고개를 돌려 입구 밖으로 시선을 향했다.

"크윽……."

보인다.

조금씩 몸을 일으키려다가 눕기를 반복하고 있는 강민의 모습이.

"나보다도 독하네……."

리나가 중얼거렸다.

여긴 그래도 일대일이기라도 했지, 강민은 일 대 육의 싸움이었다.

한데 살아남은 것이다.

물론 자신만큼이나 성치 않아 보이는 구석이 많았지만.

입구는 정리됐다.

이제 남은 것은 3층에서 펼쳐지고 있을 전투.

강민의 생각처럼 리나도 현성에게 힘을 보태주고 싶었지만, 좀처럼 몸에 힘이 들어가지 않았다.

어떻게 돌아가고 있을까?

들리는 소리만으로는 아무것도 짐작할 수 없었다.

하지만 확실한 것은 아직 양쪽 모두 멀쩡하게 살아 있다는 것이었다.

"제발……."

리나는 그중에서의 우세를 현성이 점하고 있길 바랐다.

그래야만 했다.

이제 마지막 마침표만 찍으면.

모든 것이 끝나니까.

12장

최후의 일전

"휘리리릭! 휘릭! 휘릭!

채챙! 챙! 챙!

"라이트닝 스트라이크!"

"하아압!"

쿠우우우웅!

3층에서는 현성과 신정우의 교전이 한창이었다.

기습은 성공이었다.

1층에서 벌어진 소란에 신정우의 집중이 잠시 흐트러진 사이, 현성의 텔레포트가 신정우의 코앞으로 완벽하게 이루어졌던 것이다.

약간의 운도 따랐지만, 어쨌든 잘된 일.

신정우를 바로 코앞에서 맞이한 현성은 주저할 것도 없이 그대로 신정우에게 라이트닝 스트라이크의 고통을 선사했다.

전혀 방어할 태세조차 안 되어 있었던 신정우였기 때문에 고스란히 온몸으로 마법을 받아내야 했다.

현성은 기회를 놓치지 않았다.

이렇게 일방적으로 공격을 퍼부을 수 있는 기회는 처음이자 마지막일 것이라 생각했기 때문이다.

현성은 신정우의 왼쪽 복부에 난 상처를 집중적으로 노렸다.

안 아픈 곳을 때리는 것보다는 아픈 곳을 계속해서 때리는 게 더 고통스럽고 견디기 힘들기 때문이다.

덕분에 신정우는 초반의 전투에서 현성에게 완벽하게 말려 버렸다.

왼쪽 배의 상처는 다시 벌어졌고, 그 상처를 따라 피가 흐르고 있었다.

하지만 현성도 적극적으로 공격을 가하는 와중에 왼쪽 팔에 상처를 입고 말았다.

신정우가 만들어 낸 예리한 검기에 쉴드를 미처 펼치지 못했던 왼쪽 팔을 베이고 만 것이다.

다행히 살집이 많은 팔뚝 부분이라 팔을 못 쓰게 된 정도는 아니었지만, 잠깐의 스침으로도 상처가 깊이 날 만큼 날카로운 공격이었다.

"빌어먹을 놈… 여기를 알고 있을 줄이야……."

신정우가 현성을 노려보며 말했다.

그의 몸 전체를 둘러싼 호신강기가 연신 반짝이고 있었다.

덕분에 현성의 공격이 여러 번 막혔다.

물론 신정우의 공격도 현성의 마나 쉴드에 막혀, 서로 힘만 계속 빼는 소모전을 치르는 중이었다.

"언제까지 그렇게 비겁하게 숨어 있을 생각이었지?"

"후후, 때를 기다리는 것과 비겁하게 숨는 건 다르지."

"그러니까 넌 후자였잖아."

"잘못 알고 있는 것 같군!"

콰아앙!

빠지직! 빠직! 빠직!

현성의 쉴드와 신정우의 호신강기가 뒤섞이자, 사방으로 충격파가 계속해서 터져 나가며 섬광이 번쩍였다.

불과 얼마 전까지 물건과 집기들이 가지런히 정돈되어 있던 3층은 그야말로 난장판이 되어 있었다.

창문의 유리들도 모두 깨져 나가 있었고, 깨진 틈새로 살을

에는 듯한 칼바람이 불어 들어왔다.

"뭘 믿고 그렇게 날뛰는지 모르겠군……!"

지이이이잉!

신정우가 현성의 쉴드 쪽으로 적혈검을 쭉 밀어 넣기 시작했다.

호신강기와 쉴드가 겹쳐지면서 만들어낸 가장 약한 공간에 검을 밀어 넣고, 이를 통해 현성을 공격하기 위해서였다.

시이이이이이잉.

적혈검이 우는 소리를 냈다.

현성은 점점 쉴드를 비집고 들어오는 검에 시선을 집중하는 한편, 이 힘겨루기의 균형을 무너뜨릴 방법이 없는지 생각했다.

현성이 선공을 효과적으로 퍼부으면서 기선 제압에 성공하고 상황을 유리하게 이끌어가고는 있었지만, 상대는 김도원이나 신상현과는 차원이 다른 힘을 가진 능력자였다.

신정우를 상대로 한 번 죽을 고비를 넘긴 적이 있는 현성의 입장에선 지금의 상황을 낙관적으로만 보기도 힘들었다.

놈은 어느새 고통을 잊은 듯, 처음보다 더 강력한 힘으로 자신을 압도하려들고 있었다.

핵심은 호신강기였다.

자신의 몸을 가장 안전하게 보호해 줄 수 있는 힘.

그 힘을 걷어내는 것이 중요했다.

현성 자신도 숙주와의 전투에서 쉴드가 벗겨지면서 부상을 입었고, 그로 인해 며칠을 고생하지 않았던가.

현성이 밀도 높은 쉴드를 펼치기 위해 집중 상태를 유지해야 하는 것처럼, 호신강기의 구조도 마찬가지일 것이라 생각했다.

그렇다면 신정우가 제대로 호신강기를 펼칠 수 없도록 전환점을 마련하는 것이 중요했다.

지금의 대치 상황을 풀기 위해서는 현성도 공격적으로 나가야 했다.

쉴드를 유지하기 위해 다량의 마나를 소모하고 있었기 때문에 파괴력 있는 마법을 전개하기가 힘들었다.

쉴드를 풀고 거기서 아낄 수 있는 마나를 전부 공격에 퍼붓는다면.

호신강기로 버티는 것에도 한계가 있을 터였다.

다만 먼저 쉴드를 풀어야 하는 만큼, 위험을 감수해야만 했다.

그래서 양쪽 모두 물러서지 않고 대치 상태를 이어가고 있었던 것이다.

"블링크!"

강수를 둔 것은 현성이었다.

점점 쉴드를 파고드는 적혈검을 본 현성은 더 이상 시간을 끌 필요가 없다고 여겼다.

그리고 블링크를 시전하며 쉴드의 힘을 풀었다.

파앗—

섬광과 함께 쉴드가 산산이 깨져 나가며, 아슬아슬하게 방금 전 현성이 있던 자리로 신정우의 검이 지나갔다.

정말 아주 조금만 더 늦었어도 검에 몸이 꿰뚫리고 말았을 일격이었다.

"윈드 스피어!"

쿠우우우웅!

"크윽!"

"하앗! 하앗! 하아아앗!"

신정우의 뒤를 잡은 현성이 마법을 난사하기 시작했다.

맹격(猛擊)이었다.

현성은 마법 공격으로 돌아올 후폭풍은 생각하지 않고 계속해서 공격을 퍼부었다.

폭음이 한 번씩 들릴 때마다 벽이 무너져 내리고, 창문의 남은 조각들이 마저 깨져 나갔다.

"이 새끼!"

쉬이이이익!

"블링크!"

파팟!

후우우우웅!

파삭! 파사사사사사삭!

현성의 계속되는 공격에 열이 오른 신정우가 그대로 방향을 틀며 검기를 펼쳤다.

현성의 반응이 빨랐다.

블링크를 이용해 다시 신정우의 뒤로 붙었다.

그가 전개한 검기는 허무하게 벽을 갈랐다.

하지만 위력이 엄청났기 때문에 벽에 굵직한 횡선이 그어지며, 떨어져 나간 돌들이 우수수 쏟아졌다.

"후우. 후우."

"하아. 하아."

양쪽의 체력 소모가 상당했다.

어느 정도 거리를 두고 선 두 사람은 암묵적으로 주어진 휴식 시간을 조심스럽게 활용했다.

단, 서로에게서 시선을 떼지는 않았다.

"왜 내 일을 자꾸 방해하려고 하는 거냐. 너와 내가 힘을 합치면 하지 못할 것이 없는데. 왜 너는 나를 괴롭히려고만 하지? 그러면 세상이 알아주나?"

신정우가 현성을 노려보며 말했다.

그의 왼쪽 복부에서는 계속 피가 흘러내리고 있었다.

저 상처가 가벼운 것이 아님을 현성은 잘 알고 있었다.

그 외에도 신정우의 몸 여기저기에는 박 신부와 그의 동료들이 만들어 놓은 상처들이 꽤 있었다.

현성의 맹공 때문일까?

그 상처들이 있는 자리에서 피가 점점 묻어나와, 신정우의 옷을 적시고 있었다.

"네가 세상에 헛짓거리를 하기 시작했을 때부터 모든 게 잘못 됐어. 넌 능력을 그렇게 쓰지 말았어야 했다."

"왜지? 세상이 내게 해준 것이 뭐가 있는데?"

현성의 대답에 신정우가 되물었다.

"그럼 세상이 네게 잘못한 것은 뭐가 있지? 왜 죄 없는 사람이 네게 죽어야 하지?"

대답하는 현성의 표정에 경멸 어린 시선이 묻어났다.

이놈은.

그야말로 인간 쓰레기였다.

엄밀히 말하자면 신정우의 뒤를 봐줬을 적혈마선 역시도 문제였다.

"내 뜻에 따르면 아무런 문제가 되지 않았지. 하지만 그렇게 하지 않았으니까."

"세상이 널 중심으로 돌아가기라도 한다는 거냐? 정신 나간 사람이 아니고서야 네 녀석의 악행에 동참해 달라는 말을 누가 받아들일 것 같은데?"

"시끄럽게 재잘거리지 마라!"

파파파팟—

신정우의 신형이 빠르게 움직이며 순식간에 현성에게로 달려들었다.

신정우의 검격은 매서웠다.

"마나 쉴드!"

티이이이이잉!

"크윽!"

순간 마나를 최대치로 끌어올려 펼친 쉴드가 신정우의 검기에 산산조각 났다..

엄청난 힘이었다.

하지만 쉴드의 강한 저항에 부딪힌 신정우의 검기 역시 흐트러졌다.

"헤이스트!"

현성이 그 사이에 생긴 잠깐의 틈을 이용해 그대로 신정우에게로 접근했다.

하아아아앗! 채챙!

일갈과 함께 형성된 마나 건틀릿이 신정우의 검을 강하게 쳐냈다.

그 반동으로 충격이 손끝을 타고 고통스럽게 전해졌지만,

신정우로부터 검을 떼어내는데 성공했다.

"교활한 새끼……!"

신정우의 시선이 현성과 적혈검 사이를 오고 갔다.

신정우의 힘은 적혈검이 있을 때 비로소 더 강해진다.

물론 장이나 권으로도 충분히 싸울 수 있었지만, 백중세인 현성을 상대로는 급격한 전력 손실이나 마찬가지였다.

신정우에게 검이 중요하다는 사실을 알고 있기에 현성은 신정우가 먼저 움직이길 기다렸다.

이번에는 녀석이 위험을 감수할 차례다.

샤아아아—

그러는 동안 현성이 천천히 마나를 흘리기 시작했다.

빡빡하게 마나를 운용하고 있었기 때문에 여유가 많지는 않았지만, 마나 번으로 톡톡히 재미를 봤던 기억이 있었기 때문이었다.

신정우의 약점은 마나의 존재를 전혀 알지 못한다는 것이다.

물론 현성 역시 신정우와 7남매가 가지고 있는 내공, 내력이 어떤 것인지 알지 못한다.

하지만 적어도 무공에는 마나 번처럼 이를 태워 없애는 기술은 없었다.

"하아아앗!"

신정우가 움직이기 시작한다.

현성은 자신을 향해 움직이는 척하면서, 다시 적혈검 쪽으로 움직이려는 신정우의 얕은 수를 파악했다.

"라이트닝 스트라이크!"

빠지지지지직!

"크아악!"

적혈검에 손을 뻗으려던 신정우는 현성이 전개한 라이트닝 스트라이크을 겨우 막아냈다.

워낙에 근거리인 탓에 위력적인 공격이었다.

하지만 신정우는 물러서지 않고 다시 달려들었다.

"파이어 월!"

"크으으윽!"

이번에는 파이어 월이 전개됐다.

하지만 불길은 견뎌볼 요량이었는지 신정우가 몸을 날렸다.

"마나 번!"

"으끄아아아악!"

적혈검 주변에 퍼져 있던 마나들이 일제히 타올랐다.

일순간 엄청난 열기가 신정우의 얼굴 전체를 감쌌다.

견뎌내는 수준을 떠나 얼굴이 녹아버릴 것 같은 엄청난 통증을 동반한 일격이었다.

"헤이스트."

현성이 비틀거리는 신정우에게 빠르게 쇄도해 들어갔다.

그리고 겨우 신정우가 움켜쥔 적혈검을 빼앗아 버렸다.

샤아아아아아—

적혈검이 울고 있었다.

—이놈……!

동시에 들려오는 목소리.

"당신이 신정우의 배후에 있는 사람이었나."

적혈마선의 목소리였다.

본 적도 없는 자지만, 신정우라는 괴물을 만들어낸 것만으로도 단죄받아 마땅한 인물이었다.

—호락호락하진 않을 것이다!

파아아아아앗!

"크윽!"

바로 그때.

적혈검에서 한 줄기 섬광이 뻗어져 나오며, 현성의 움켜쥔 검신이 뜨겁게 달아올랐다.

잠깐 손을 대고 있었음에도 불구하고, 손바닥 피부가 녹아내릴 정도의 엄청난 열기였다.

검을 쥐는 동안에는 마나 건틀릿을 유지할 수 없었고, 그로 인해 현성도 검을 놓치고 말았다.

척!

그러는 사이 다시 적혈검의 주인이 현성에게서 신정우로 바뀌었다.

그리고.

"…이놈……."

신정우의 두 눈빛이 붉게 물들고 있었다.

동시에 적혈검에서도 붉은 기운이 새어 나오며, 살기를 잔뜩 뿜어냈다.

"후우."

현성이 한숨을 내쉬었다.

이번은 쉽지 않을 것 같았다.

적혈마선이 힘을 보태주는 것일까.

그렇다면 신정우의 힘은 더욱 강력해질 것이다.

한편으론 강민의 말대로 이제부터는 시간 싸움이 될 가능성도 컸다.

하지만 생각하지 말아야 했다.

그 세계에서의 일이 어떻게 될지는 알 수 없는 일.

자신은 눈앞에 보이는 적, 신정우를 처리해야만 했다.

화르르르르륵.

현성의 양손에 마나의 힘을 집중하기 시작하자, 거대한 불덩이가 빠르게 만들어지기 시작한다.

지옥의 불, 헬 파이어.

이 정도의 근거리에서 헬 파이어는 현성에게 고스란히 그 위력이 되돌아올 위험한 한 수였다.

하지만 이미 한 단계 더 강해지고 있는 신정우를 상대로 평범한 공격은 소용없었다.

"크아아아아!"

더욱더 붉어진 신정우의 눈빛이 반짝였다.

동시에 그를 둘러싼 위력적인 기운의 회색빛 호신강기가 만들어지기 시작했다.

신정우의 두 눈에서는 계속 눈물 같은 것이 흘러내리고 있었다.

마나 번으로 인해 상처를 입은 두 눈은 제대로 떠지지 않았다.

라이트닝 스트라이크 공격으로 인해 더 벌어진 상처에서는 피가 계속해서 흘러내렸다.

피차 신정우에게 시간이 없는 것도 마찬가지였다.

"하아아아압!"

현성이 더욱 힘을 냈다.

체내의 마나가 끊임없이 손끝을 따라 뻗어 나갔고, 헬 파이어의 구체는 빠르게 커져 갔다.

일격에 모든 것을 거는 느낌.

현성도 신정우도.

서로에게 시선을 떼지 않고 자신의 힘을 더욱 불렸다.

현성은 공격을 위한 마법의 수위를 높였고.

신정우는 현성의 공격을 막아내고, 역습을 가하기 위한 방비를 펼쳤다.

쿠우우우웅! 우우우우웅!

뜨거운 열기와 호신강기가 만들어 낸 기운이 한데 뒤섞여 엄청난 열풍이 사방으로 뻗어져 나갔다.

두 사람은 멈출 줄 몰랐다.

현성은 정말 마나의 전부라고 해도 무방할 정도로 체내에 있는 모든 마나를 끌어내고 있었다.

“하아. 하아. 하아.”

뜨거운 숨소리가 마치 느린 화면 속의 소리처럼 현성의 귀를 타고 천천히 파고들었다.

눈조차 뜰 수 없을 열기로 뒤덮인 3층은 당장에라도 터져 나가 없어질 것처럼 들썩이고 있었다.

하지만 마치 무아지경에 이른 듯.

아무런 소리도 울림도 느껴지지 않았다.

시간이 멈춰 버린 듯, 현성은 눈도 깜빡이지 않고 오롯이 신정우의 모습을 응시하고 있었다.

“크으으윽.”

한계점에 이른 것일까?

온몸의 마나가 전부 빠져나가 만들어진 헬 파이어의 위력은 엄청났다.

현성에게 이제는 쉴드를 펼칠 힘도 채 남아 있지 않았다.

양손 위로 만들어진 지옥의 불, 이 거대한 불이 현성의 모든 것을 담은 혼신의 일격이자 최후의 일격이었다.

"이런 걸로 내가 쓰러질 것 같으냐! 죽여 버리겠다! 하아아아앗!"

신정우가 드디어 움직이기 시작했다.

살기와 광기로 가득 찬 눈빛.

신정우의 신형이 현성을 향해 달려오고 있었다!

"너나 죽어……."

현성의 입가에 의미를 알 수 없는 미소가 감돌았다.

그리고.

파아아아아앗!

현성의 손끝에서 시작된 거대한 불길이 신정우를 향해 매섭게 덮쳤다.

화아아아아아아악!

"크으으으윽!"

모든 것을 태워 버릴 엄청난 불길.

그리고 그 불길을 막아내기 위한 마지막 안간힘.

거대한 힘이 중간에서 부딪혔다.

파각! 파가각! 파각!

신정우의 호신강기가 녹아 없어지듯, 계속해서 깨져 나갔다.

헬 파이어가 만들어 낸 거대한 열기는 빠르게 자신을 둘러싼 강기를 잠식하고 있었다.

"크으으으윽……!"

신정우가 굳게 입술을 다문 채, 적혈검을 천천히 앞으로 내지르며 나아갔다.

아직까지는 호신강기가 버텨주고 있었다.

그리고 자신의 몸도 서서히 앞으로 이동하고 있었다.

이대로 몇 걸음만 더 가면, 예리한 적혈검의 날끝에 저놈의 심장을 꿰어 넣을 수 있을 것 같았다.

놈이 죽으면 모든 것이 끝난다.

세상에는 더 이상 자신을 대적할 수 있는 존재가 없게 될 것이고.

수많은 사람들이 자신의 발밑 아래 복종하게 될 것이다.

파직! 파지직! 파사삭!

"아악!"

하지만 신정우의 바람은 그리 오래 가지 못했다.

역시나 왼쪽이 말썽이었다.

복부부터 시작해서 온갖 상처투성이의 왼쪽 몸이 성치 못했던 탓인지 기운이 벗겨져 나가고 있었던 것이다.

그 틈을 비집고 들어온 매서운 불길이 그대로 옆구리를 쓸고 지나갔다.

상처조차 남지 않고, 그대로 살점을 태워 버린 공포의 일격이었다.

"하아아. 하아아."

현성이 가쁜 숨을 몰아쉬고 있었다.

체내를 가득 메우고 있던 마나가 급격하게 사라지자.

마나의 핵심, 즉 마나 홀에 있던 태초의 마나가 이끌려 나오기 시작했다.

마나 로드를 따라 쌓이는 것과는 다른 순수한 마나의 원천이자 근원이었다.

힘이 조금 모자란 것일까.

신정우의 모습이 점점 더 가까워지고 있었다.

마치 지옥에서 살아 돌아온 야차를 보는 것처럼.

놈은 자신에게 저 검을 박아 넣겠다는 일념 하나만으로 이 엄청난 불길을 그대로 받아내면서 다가왔다.

"우아아아아아악!"

또 한 번 기운이 벗겨져 나가면서 이번에는 신정우의 오른쪽 빰 아래가 통째로 쓸려 나갔다.

열기가 닿는 순간, 살과 뼈가 모두 녹아버렸다.

얼굴을 감싼 피부는 순식간에 아이스크림처럼 녹아내렸고, 신정우의 얼굴은 흉물스럽게 흘러내리고 있었다.

"……."

놈은 죽음에 대한 두려움마저 잊어버린 것 같았다.

그 사이, 두 걸음이 더 가까워졌다.

이대로 두 걸음만 더 내어주게 되면, 현성도 피할 수 없었다.

하지만 이제 와서 힘을 거두고 피하기엔 끝이 보이고 있었다.

물러서는 자가 진다!

현성은 그렇게 생각했다.

터벅.

한 걸음.

"아아아아아아아!"

현성이 일갈하며 최후의 마나, 남아 있는 모든 마나를 끌어올렸다.

이젠 정말 단 한 움큼의 마나조차 없는, 최후의 한 방이었다.

후드드드득! 후득! 후드드드득!

"으으으으! 으으으으! 크아아아아!"

파지직! 파직! 파사사사사사사사삭!

신정우의 호신강기가 종이처럼 찢겨져 나가고 있었다!

겨우 정면을 지탱해 주던 마지막 힘마저 완벽하게 사라지고 있었던 것이다!

신정우의 몸이 얼굴, 머리, 어디 할 것 없이 순식간에 불타오르기 시작했다.

지옥의 화마(火魔)는 신정우의 몸 구석구석을 감쌌고, 신정우는 선 채로 활활 타오르는 거대한 불길이 되어 있었다.

"신정우, 이제는……!"

푸욱!

"……."

현성이 마지막 순환을 마치고 몸에서 빠져나가려는 마나의 힘을 화염구체에 실어주려는 그 순간.

아주 차갑고도 날카로운 무언가가 기어이 영겁의 불길을 뚫고 들어와 현성의 왼쪽 가슴에 꽂혔다.

찰나의 순간이 마치 영원처럼 느껴졌다.

현성의 손끝을 마지막으로 떠난 헬 파이어의 불길은 신정우의 전신을 빈틈없이 감쌌다.

방금 전까지만 해도 온전히 인간의 모습을 하고 있었던 신정우는 더 이상 없었다.

살과 피부를 모두 태워 버리고 앙상하게 뼈만 남아버린… 화마가 참혹하게 쓸고 지나간 흔적만이 남아 있었다.

파르르르—

적혈검을 움켜쥔 신정우의 양팔이 부르르 떨리고 있었다.

뼈마저도 반이 녹아버린 팔이었지만, 마지막 분노가 담긴 그의 손은 여전히 적혈검을 깊게 움켜쥐고 있었다.

눈꺼풀마저 녹아 없어진 앙상한 눈은 괴기스럽게 현성을 노려보았다.

투툭. 툭. 툭.

불길에 녹은 신정우의 몸뚱아리들이 하나둘 뚝뚝 떨어져 내렸다.

두 팔이 힘없이 바닥에 떨어지고.

녹아서 끊어져 버린 목뼈가 그 위의 머리를 주인 없는 것으로 만들어 버렸다.

두 다리도 주인을 잃은 채, 검게 그을린 살점이 되어 양쪽으로 흩어졌다.

"…현성 씨!"

"하아. 하아. 어떻게. 어떻게 된 거……."

그로부터 5분 후.

힘겹게 계단을 오르고 올라온 강민과 리나가 폐허가 된 3층의 광경과 마주했다.

어느 곳 하나 성치 않은 두 사람이었지만, 현성을 돕겠다는 일념 하나만으로 고통을 참아내며 올라왔던 것이다.

수많은 폭음과 비명, 신음 소리가 들렸고.

이윽고 모든 소리가 한순간에 멎었을 때.

어떻게든 결론이 났음을 두 사람은 짐작했다.

그래서 더 서둘러 이를 악물고 올라온 길이었다.

그 자리에 신정우는 없었다.

아니, 없는 것이나 다름없게 됐다.

신정우라고 할 수 있을 만한 흔적이 남지 않았으니까.

두 사람의 눈에 들어온 것은 주인을 잃고 사방으로 흩어져 버린 '신정우의 몸뚱아리' 들이었다.

그리고 모든 것을 태우고 날려 없애 버린 뒤, 휑하니 남겨진 빈 공간의 한가운데에서.

하아. 하아. 하아.

현성이 힘겹게 벽에 기댄 채, 가쁜 숨을 몰아쉬고 있었다.

에필로그

"후… 빌어먹을 저 새끼… 하하하하하."

현성이 왼쪽 가슴을 깨끗하게 관통해 버린 적혈검을 내려다보고 있었다.

심장을 관통한 것은 아니었는지 숨이 바로 끊어지지는 않았다.

하지만 박 신부가 그랬던 것처럼, 곧 다가올 운명이 느껴졌다.

점점 몸의 힘이 빠져나가기 시작하고, 편하게 눈을 감아버리고 싶을 만큼 피로가 몰려오고 있었다.

"현성 씨."

"오빠, 정신 차려 봐. 이거 별거 아니잖아, 응? 힐! 힐을 해 보자!"

강민과 리나가 걱정 어린 눈으로 현성을 바라보았다.

마음 같아선 한 줌의 힐이라도 가슴에 문질러보고 싶지만 애석하게도 마나가 없었다.

텅텅 비어버린 마나 홀은 현성이 최후의 일격에 얼마나 많은 힘을 쏟아 부었는지를 증명해 주고 있었다.

그 결과물로 신정우는 시체조차 찾지 못할 고깃덩이가 되어 바로 저 세상으로 직행했다.

방금 전까지 붉게 빛나던 적혈검도 어느새 생기를 잃은 고철덩어리로 변해 있었다.

"적혈검의 색이……."

강민도 현성과 같은 시기에 달라진 검의 색을 보고는 무의식적으로 하늘을 올려다보았다.

더 이상 이 검은 적혈검이 아닌 평범한 검이 되어버렸다.

그것이 의미하는 것은 단 하나.

이 검의 주인이자 원천이 죽었다는 것이다.

"일이 잘 풀린… 모양이죠."

현성이 미소를 지었다.

악행은 언젠가 벌을 받는다고 하는데.

신정우와 그의 스승 적혈마선이 비슷한 시기에 숨통이 끊어진 모양이었다.

"아아, 스승님……."

강민이 아쉬움에 눈물을 떨구었다.

조금만 더 빨랐더라면.

더도 말고 30초 정도만 더 빨랐더라면!

신정우는 현성의 힘을 버텨내지 못하고 진작 죽었을 것이다.

하지만 약속한 시간은 결국 현성에게 돌이킬 수 없는 강을 건너게 하고 말았다.

"후우."

숨을 한 번 털어내자, 시야가 반으로 좁아들고 흐려진다.

털썩.

더 이상 서 있을 힘이 없는 현성이 바닥에 주저 앉았다.

그것마저도 힘들었다.

현성은 조심스럽게 그리고 천천히 몸을 눕혔다.

"……."

누워서 천장을 보니 그야말로 난장판이다.

온통 불길이 만들어낸 그을음이 가득했다.

그나마 성한 곳이 없어서 전부 터져 나가거나 쪼개지고 갈라져 여기가 전쟁터인가 싶을 정도였다.

"어떻게 보면 이게 순리일 지도 모르지. 결국 마지막 선택은 내가 했었어야 했으니까……."

"뭐야, 그게 무슨 말이야? 자꾸 왜 모르는 소리만 해!"

리나가 소리쳤다.

넝마가 되다 시피한 몸을 이끌고도 그녀는 꿋꿋하게 현성을 지켜보고 있었다.

"리나, 그리고 강민 씨… 고생했어요. 그리고 다른 남매들에게도 꼭 전해줘요. 고맙고… 미안하다고……."

쿨럭! 쿨럭!

기침을 토해내자 걸쭉한 피들이 덩어리째 토해져 나온다.

이제는 모든 것이 뿌옇게 보이기 시작한다.

리나와 강민이 잡아주고 있는 양손만이 유일한 따뜻함으로 느껴진다.

"빨리 일어나, 일어나라구!"

"잠깐만… 잠깐만 눈 좀 붙이자… 더럽게 피곤해서 그래……."

현성이 고개를 저었다.

이제는 말을 잇는 것도 점점 힘들어진다.

숨은 더 가빠져 오고.

무어라 말하는 듯한 리나와 강민의 목소리도 희미하게 저 너머에서의 소리처럼 들린다.

샤아아아아.

한줄기 빛이 하늘에서 자신을 향해 내리쬐고 있었다.

다들 말하는 사후세계, 그런 것인가 싶었다.

하늘이 갈라지고, 밝은 빛과 천사들이 내려와 손을 붙잡고 다시 하늘로 올라간다는 그런 이야기들…….

잘못된 신앙생활을 하는 사람들이나 허풍 떨기를 좋아하는 사람들의 거짓말이라고 생각을 했었는데.

아니었다.

정말 자신을 환하게 내리쬐는 한 줄기의 흰 빛이 있었다.

그 빛은 순식간에 하늘에서 현성의 손길이 닿을 것 같은 위치까지 쭉 내려왔다.

잡아당기면 마치 끈이라도 하나 내려올 것만 같은 그런 느낌이었다.

저 끈을 잡으면…….

남들이 말하는 천국, 그런 것일까?

아닐 거야, 난 지옥에 가겠지.

필요에 의한 것이라고 할지라도 자신 역시 수많은 피를 손에 묻힌 사람이었다.

그것이 뱀파이어였든, 능력자였든, 신정우였든.

이 손끝에서 죽어간 자들이 얼마나 많았던가.

난 아무것도 믿지 않았으니까.

천국도 사치겠지.

현성은 그렇게 생각했다.

“하아. 하아.”

더욱 숨이 가빠진다.

두어번을 더 쉬고 나면, 더 이상은 숨조차 쉬어지지 않을 것 같았다.

순간 머릿속에서 모든 것이 주마등처럼 지나가기 시작했다.

가장 먼저 어머니와 아버지의 얼굴이 생각난다.

‘아버지, 어머니. 슬픔을 조금 미룰 수 있게 허락해 주세요. 다시 제가 일어설 발판을 마련하고 나면, 그때 마음속에 묻어두었던 아버지와 어머니를 모시고 꿈속에서라도 인사드릴게요. 어떻게든… 죽을 각오로 버텨내겠습니다. 그리고 반드시 끝을 내겠습니다. 놈들이 죗값을 치를 수 있도록… 꼭 지옥으로 보내겠습니다.’

그날의 다짐도 떠오른다.

신정우… 그놈은 분명 지옥으로 갔을 것이다.

부모님과 약속을 지켜냈다 생각하니 가슴 한편이 뿌듯했다.

"우리가 네게 건넨 능력을 알차게, 빠짐없이, 꼼꼼히 네가 사는 세상에서 쓰는 것. 그뿐이다. 어떤 마법이 더 쓰임새가 좋을지 궁금하단다."

스승 일리시아와 자르만과의 첫 만남도 떠올랐다.

그날 이후 많은 것이 달라졌으니까.

그리고 수많은 인연들이 빠르게 스쳤다.

여자친구 수연, 그 누구보다도 각별한 관계였던 정유미.

자신의 둘도 없는 친구로서 모든 궂은일을 도맡아 해주었던 상화.

뱀파이어들을 사냥하며 함께 전장을 누볐던 박 신부.

뒤늦게 합류했지만, 여동생처럼 자신을 믿고 따랐던 리나.

그리고 현성을 도와 신정우와 그의 부하들을 제거하겠다는 일념 하나만으로 목숨 바쳐 싸워주었던 7남매들.

그 모두의 얼굴이 남김없이 현성의 기억 속에 하나하나 박혀들었다.

"……!"

그리고.

"현성 씨! 일어나십시오! 이렇게 눈을 감으시면 반칙 아닙니까!"

"현성 오빠! 일어나, 일어나봐!"

애타게 자신을 부르는 두 사람의 목소리에 답해주고 싶었지만, 그럴 힘이 없었다.

이제 더 이상 숨이 쉬어지지 않는다.

현성은 두 눈을 감은 채.

머리에서부터 발끝까지 빠져나가는 기운을 자연스럽게 받아들였다.

점점 어두워진다.

점점 차가워진다.

점점 고요함이 찾아든다.

점점… 생각이 나지 않는다.

그리고…….

모든 것이 멈춰버린 것처럼 무(無)의 세계가 된다.

깊은… 잠인 것 같다.

* * *

그날 이후.

세상은 원점으로 돌아왔다.

현성이 숨을 거둔 그 순간.

강민과 다른 남매들은 스승 청혈미선과의 연결점이 끊어졌다.

동시에 그들이 가지고 있던 능력도 사라졌다.

마치 뱀파이어가 해방되던 그 날처럼, 조금의 능력도 남지 않고 사라진 것이다.

세상의 빛과 어둠 속에 숨어 있던 다수의 능력자들도 그렇게 같은 시간에 자신의 힘을 잃었다.

자기의 특별한 능력만 믿고 악행을 일삼았던 자들은 경찰들의 집요한 추격 끝에 단죄(斷罪)를 당했다.

사회는 빠르게 안정을 찾았다.

블랙 네트워크의 시간도 신정우의 죽음, 그날 이후로 멈춰버렸다.

더 이상 관리되지 않는 블랙 네트워크는 그렇게 유령 사이트가 되어버렸고, 사람들의 관심에서도 점점 잊혀져 갔다.

백야에는 어느 날 장문의 공지가 올라왔다.

사람들은 실로 오랜만에 올라온 장문의 글에 많은 관심을 가졌다.

보이지 않는 영웅들.

누군가는 허무맹랑한 소리라며 손가락질했지만, 실제로

그들의 힘을 목격한 사람들이 많았다.

학살 현장에서도, 그리고 살인 현장에서도.

분명 백야의 구성원들이 전력을 다해 전투를 펼치는 모습을 본 사람은 적지 않았다.

[모든 것이 끝났습니다.

블랙 네트워크의 시간도 저희의 시간도 이제 멈췄습니다.

그 동안 믿을 수 없는 참혹하고도 비상식적인 일들이 벌어졌고, 많은 죄 없는 사람들이 피해를 입었습니다.

이 지독한 악연의 고리를 저희는 기어이 끊어냈습니다. 이제 블랙 네트워크도, 그리고 블랙도 다시는 숨을 쉬지 못할 것입니다. 그는 죽었으니까요.

정말 많은 일들이 있었습니다.

여러분이 믿고 안 믿고는 중요하지 않습니다.

저는 지금부터 이 글을 시작으로 여러분들이 아는 곳에서 그리고 알지 못하는 곳에서 목숨을 걸고 싸웠던 그분과 제 동료들, 그리고 수많은 협력자들에 대한 이야기를 시작하고자 합니다.

여러분.

이제 다 끝났습니다.

다시는 그들과 같은 희대의 살인마들이 나타나지 않기를 간절히 소망하며……]

*　　*　　*

깜빡— 깜빡—

눈이 떠지고.

자연스럽게 눈이 깜빡인다.

귓가를 타고 기분 좋은 따스한 바람이 스며든다.

마치 어느 햇살 좋은 날에 곤한 낮잠에 빠져 있었던 것 같은 느낌.

"아."

푹신한 느낌이 등 뒤에서 느껴진다.

고개를 돌려보니… 어느 한적한 산속에나 있을 법한 별장 안에 있는 느낌이었다.

통나무로 만든 집.

그 집의 한쪽에 놓여 있는 침대 위에 누워 있었다.

"꿈… 은 아닐 텐데."

현성이 자리에서 일어섰다.

죽어서도 꿈을 꾸는 걸까?

영원한 꿈? 아니면 상상?

짐작조차 가지 않았다.

어쩌면 이런 것이 사후 세계일지도 모른다.

"난 죽었으니까."

냉정한 현실을 잘 알고 있다.

딱히 미련은 없다.

떠오르는 얼굴들은 많지만, 자신의 희생으로 더 이상 그들이 불행에 빠지지 않을 수 있게 되었다면.

그것으로 족했다.

언젠가 죽어 없어질 몸.

그저 조금 빨리 떠났다고 생각하면 편했다.

휘이이이이—

귓가를 파고드는 바람이 간지럽다.

이렇게 맑은 공기를 마셔본 것은 실로 오랜만인 것 같다.

현성은 한참을 창가에 서서, 산바람을 타고 들어오는 풀내음에 두 눈을 감고 있었다.

이런 곳이 죽고 난 뒤의 세계라는 것을 사람들이 안다면.

호기심에 죽어보려 하지 않을까 생각이 들 정도로.

정말 평온하고 안락한 기분의 연속이었다.

산속은 조용했다.

주변은 온통 산으로 둘러싸여 있고, 이곳에는 자신밖에 없는 것 같았다.

호기심에 이곳저곳을 둘러보던 현성은 이내 다시 침대에

누웠다.

어쩌면 잠시 꿈을 꾸는 것일지도 모른다고 생각했다.

지이이이잉.

파팟— 팟—

바로 그때.

산장 밖에서 익숙한 소리가 들렸다.

소환음.

텔레포트 마법을 시전할 때 나는 소리인 것이다!

현성이 벌떡 몸을 일으켰다.

설마?

수많은 생각이 머릿속을 스쳐 지나갔다.

터벅터벅. 터벅터벅.

이내 들려오는 발소리.

"일어났을까요?"

"당연히 일어났겠지."

그리고.

너무 익숙해서…….

잊을 래야 잊을 수 없는 두 사람의 목소리가 들린다.

자르만과 일리시아의 목소리다.

"멍청한 그놈은 아직도 꿈이나 꾸고 있을지도 모른다. 네 놈들의 제자가 잘났다고만 생각지는 마라. 그래봤자 빈틈 많은 인간일 뿐이다."

이어서.

또 하나의 익숙한 목소리가 귓가를 파고들었다.

그것은 바로…….

블랙 드래곤 로키스의 목소리였다.

『컨트롤러』 완결

「폭염의 용제」, 「성운을 먹는 자」의 작가 김재한!
또다시 새로운 신화를 완성하다!

『용마검전』

사악한 용마족의 왕 아테인을 쓰러뜨리고
용마전쟁을 끝낸 용사 아젤!

그러나 그 대가로 받은 것은 죽음에 이르는 저주.
아젤은 저주를 풀기 위해 기나긴 잠에 빠져든다.

그로부터 220년 후…….

긴 잠에서 깨어난 아젤이 본 것은
인간과 용마족이 더불어 살아가는 새로운 세상이었다.

Book Publishing CHUNGEORAM